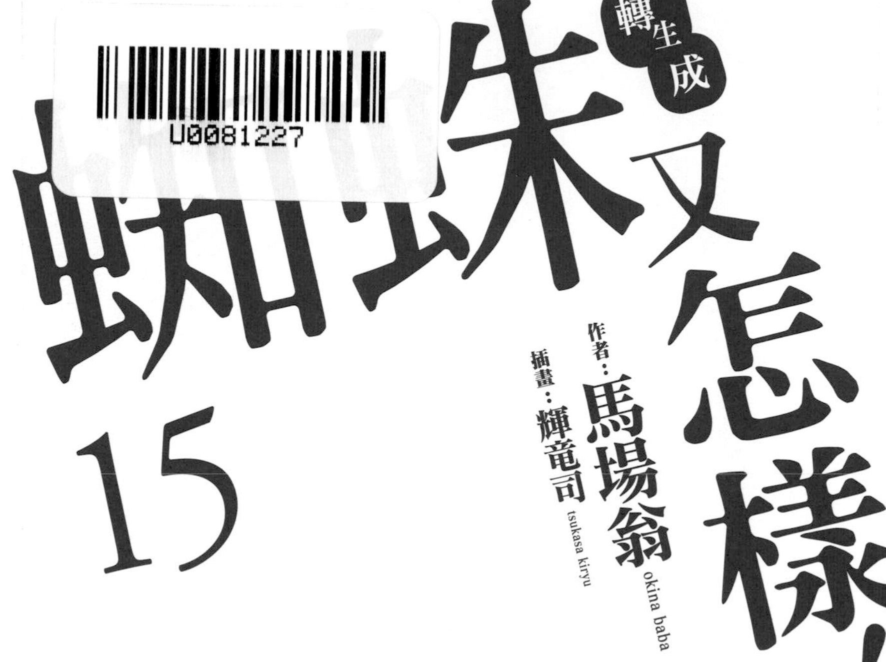

轉生成蜘蛛又怎樣！15

作者：馬場翁 okina baba
插畫：輝竜司 tsukasa kiryu

Kadokawa Fantastic Novels

contents

1　嶄新的早晨　014
S1　在全新的世界醒來　055
2　世界如此醜陋　065
S2　生命的價值　102
3　沒實力的傢伙就給我躺平屈服吧　113
S3　炫耀不幸毫無意義　147
4　同伴　176
幕間　田川邦彥　211
幕間　夏目健吾　226
幕間　悠莉　232
5　世界任務　237
S4　來到異鄉　263
幕間　卡迪雅　271
間章　被留下來的魔王　286
S5　世界不斷變動　302
幕間　達斯汀　319
間章　魔王的第一步　327
幕間　雙方的主張　333
終章　&　序章　340
後記　344

愛麗兒

魔王

誕生自波狄瑪斯的不死研究之中，是人類與蜘蛛的嵌合體。從波狄瑪斯的研究所被救出來以後，她在女神莎麗兒經營的孤兒院裡長大，但身體卻被自身的毒素殘害，使她一直體弱多病。自從當上現任魔王以後，她為了討伐波狄瑪斯逐步做著準備，卻被突然出現在艾爾羅大迷宮裡的神祕蜘蛛搞得焦頭爛額，最後選擇與之並肩作戰。

白

第十軍軍團長

真名是白織，大家都叫她「白」。擁有過去身為日本高中生記憶的轉生者。前世記憶是若葉姬色的記憶。她在艾爾羅大迷宮裡誕生，成功跨越無數場生死之戰，成為受人類畏懼的「迷宮惡夢」，也是把魔王愛麗兒搞得暈頭轉向的罪魁禍首。透過吸收號稱威力足以炸毀大陸的炸彈能量，成功完成神化。

蘇菲亞・蓋倫

吸血鬼

沙利艾拉國蓋倫家領主的獨生女。前世的名字是根岸彰子。前世的外號是「真貞子（真人版貞子）」，是個被班上同學畏懼的邊緣人。今世的她是本應在這個世界早已滅亡的吸血鬼真祖。

拉斯

第八軍軍團長

前世的名字是笹島京也。雖然轉生為哥布林後，他過著幸福的生活，卻因為受到帝國軍襲擊而失去故鄉與親人。後來他失去理智，在各地大肆破壞時，被愛麗兒和白救了回來，變成魔族軍的一員。雖然他跟勇者修雷因在前世是好朋友，現在卻處於敵對關係。

梅拉佐菲

第四軍軍團長

他原本是在蓋倫家擔任執事的人族，卻在身陷絕境時被蘇菲亞變成吸血鬼。在原本侍奉的蓋倫家領主夫妻亡故後，為了保護蘇菲亞，他一直在拚命鍛鍊自己。

邱列迪斯提耶斯

第九軍軍團長

負責管理世界及系統的管理者之一，也就是神。其權能讓所有龍族與竜族都聽他號令。

菲米娜

第十軍副團長

原本是蘇菲亞就讀的學校的學生，因為發生了許多事情，讓她失去未婚夫，還被趕出學校，也跟家裡斷絕了關係。白收留了失去家姓的菲米娜，還把她培育成出色的密探。

操偶蜘蛛怪四姊妹

操偶蜘蛛怪。看似少女的軀殼只是人偶，本體是小隻的蜘蛛型魔物，躲在人偶裡面進行操控。雖然她們是直屬於愛麗兒的眷屬，但現在跟白的關係非常親密。

艾兒

雖然很可靠，但是個老油條，地位如四姊妹的長女。

莉兒

常望著虛空發呆，或做出詭異行動，充滿了謎團。

莎兒

只會聽命行事。

菲兒

喜歡惡作劇又不怕生，總是很有精神。

俊

勇者

轉生為亞納雷德王國第四王子的轉生者。前世的名字是山田俊輔。雖然他前世是個在各方面都很平凡的男生，但今世卻轉生變成王子，還繼承了勇者這個稱號，因此過著不平凡的人生。他一直在追尋自己尊敬的兄長，也就是前任勇者尤利烏斯的背影。

卡迪雅

從高中男生轉生為公爵家千金的轉生者。前世的名字是大島叶多。她透過自殺解除由古施加的洗腦效果，又在當時被俊救了一命。那次事件讓她下定決心，今後無論身心都要以女人的身分活下去，現在的地位已經完全就是俊的正妻了。

菲

轉生為地竜的轉生者。前世的名字是漆原美麗。跟俊締結契約之後，讓她從地竜進化成光竜。雖然她經常使用人化的能力讓自己保持人型，但戰鬥力依然與光竜型態毫無分別，光看基本能力值的話，她說不定比俊還要強。

菲莉梅絲

過去擔任俊等人班導的岡崎香奈美老師。她轉生成妖精，從嬰兒時期就一直為了保護學生努力奔走。因為她是在被波狄瑪斯澈底支配的妖精之里長大，所以對「管理者是敵人」這種想法深信不疑。

❖轉生者

悠莉

聖女候選人

聖亞雷烏斯教國的聖女候選人。前世的名字是長谷部結花。她是神言教的死忠信徒，總是熱心地傳教。從前世就對俊有好感，到了今世也沒有改變。

由古

轉生為連克山杜帝國皇太子的轉生者。轉生前的名字是夏目健吾。他深受帝國內部鬥爭的影響，個性因此變得扭曲，變成一個目中無人的傢伙。後來變成白的傀儡，負責指揮顛覆亞納雷德王國與攻打妖精之里的行動。

邦彥／麻香

前世的名字是田川邦彥與櫛谷麻香。前世是青梅竹馬，而今世也是青梅竹馬。他們在靠近魔族領地的人魔緩衝地帶的傭兵村長大，但村人卻被突然出現的魔族——梅拉佐菲殺光了。失去一切的他們成為冒險者，改用前世的名字自稱。在冒險者之中，他們算是相當出名的高手。

工藤沙智

以前是班長，現在則是被帶到妖精之里的轉生者們的領導者。她在小時候被父母賣掉，才會來到妖精之里。雖然在前世跟班導岡姊非常要好，卻因為在妖精之里的監禁生活，現在對她充滿猜忌與敵意。

草間忍

隸屬於神言教，從事密探行動。因為他總是習慣屈服於權勢，所以從前世就是個跑腿小弟。在妖精之里攻防戰中，被派去用魔劍破壞轉移陣。

❖妖精

波狄瑪斯

妖精之里的族長，也是從系統建立以前活到現在，把世界搞到快要崩壞的元凶。為了達成讓自己永生不死的目的，他不擇手段，在世界各地暗中搞鬼。然而……因為白這個異端分子，他總算永遠離開這個世界了。

❖神言教

達斯汀六十一世

神言教教皇

擁有能在死後繼承記憶並重新轉生的技能，其記憶從系統建立以前一直延續到了現代，為了拯救人族與世界，他耗費了無數次的人生。

❖女神

莎麗兒

流浪天使。神言教中的神言之神，也是女神教所信奉的女神。為了拯救世界免於崩壞，她獻出自己的身體，化為系統的中樞，犧牲自己讓系統得以延續。

❖管理者

管理者D

邪神

諸神中實力特別強大的最上位神之一。只要她覺得有趣，其他的一切都無所謂。她是在背後操控整個故事，自己卻在旁邊看好戲的極惡邪神。

❖ 其他

羅南特・歐羅佐

帝國首席宮廷魔導士

他是過去親眼見識到「迷宮惡夢」施展的魔法，對其崇拜不已，後來獨自跑到艾爾羅大迷宮裡拜師學藝的變態。不過，他毫無疑問是人族最強的魔導士。在妖精之里攻防戰中，他是少數面對波狄瑪斯的兵器還能活下來的強者之一。他當時還跟操偶蜘蛛怪四姊妹並肩作戰（？），變成了朋友。

哈林斯・克沃德

亞納雷德王國克沃德公爵家的次男。他是尤利烏斯的兒時玩伴，也是勇者團隊的一員。在尤利烏斯死後，他加入俊的團隊，以大哥的身分帶領眾人前往妖精之里。真實身分是邱列迪斯提耶斯的分體。

蘇

亞納雷德王國第二王女，也是俊的同父異母妹妹。她是個重度的兄控，對於接近俊的所有人，都會投以恨不得殺死對方的冰冷目光。因為俊的生命受到威脅，讓她選擇成為白的同伴。

前情提要　story

為了實現讓自己永生不死的願望，波狄瑪斯耗費大量的MA能源，帶領世界走向滅亡。為了消滅世界的毒瘤──波狄瑪斯與其支配的妖精，魔王愛麗兒率領魔族軍，以帝國軍作為掩護，殺進了妖精之里。早就猜到魔族軍會來攻打的波狄瑪斯，把他的祕密兵器派到戰場上。帝國軍的士兵毫無反抗之力，跟妖精一起慘遭屠殺。不過，在白的奮戰之下，那些兵器全都遭到破壞，就連試圖獨自逃到其他星球的波狄瑪斯，也終於死在愛麗兒手上。

1 嶄新的早晨

大家早安。

早上了。

很遺憾，這不是個神清氣爽的早晨。

讓我睡了一晚的地方，是妖精之里中沒被戰火破壞的房子。

像是奇幻故事中的妖精房屋一樣，那是一間挖空樹木做成的樹屋。

樹屋？嗯，這樣形容應該沒錯。大概啦。

這真的是一間充滿奇幻風格的夢幻房屋。

而且很有童話故事的感覺。

雖然我平常都是躲在自己的巢穴裡睡覺，但看到這種房屋還是會想住個一晚看看嘛。

可惜的是，睡起來其實不太舒服。

畢竟戰爭才剛結束。

因為波狄瑪斯的祕密兵器——那些海膽跟金字塔在這裡大肆破壞，這座原本綠意盎然的森林，現在已經是一片被火燒過的荒野了。

老實說，空氣中充滿了難聞的焦臭味。

雖然這裡離被燒成荒野的地方有段距離，但還是可以聞到那種味道。

而且因為我們在這附近跟機器人還有超級機器人大打出手，那些機器人的殘骸也都還留在現場。

那些機器人的動力來源似乎不是汽油，所以並不是因為汽油外洩而產生臭味，但還是能隱約聞到金屬味與金屬燒焦的味道……

不過，比起那片焦土的味道，這種味道還是好多了。

在這種時候，擁有嗅覺強化技能應該會很難受吧。

我在完成神化的時候，嗅覺就已經退化到普通人的程度了，如果是還沒神化的我，肯定無法忍受這種臭味，想睡也睡不著覺吧。

不過，其實只要把技能關掉就行了。

但本來居住在這裡的可是妖精。

光是這點就讓人覺得不太舒服。

而且原本的居民都被我們親手殺掉了。

雖然我不怕幽靈或怨念之類的東西，但這種感覺依然不是很好。

此外，在這裡果然還是可以聞到鮮血與內臟的味道……

我的結論是，先不管房子住起來是否舒適，這個時間點實在太糟糕了。

如果是旅行的時候在這種地方住一晚，我可能會有不一樣的感想，但現在畢竟是這種狀況。

不但睡起來不舒服，還很容易作惡夢。

好不容易完成一件重要的任務，我真希望可以好好睡上一覺。

但因為我完成的重要任務就是屠殺妖精，果然還是不應該睡得太舒服嗎？

消滅妖精之里是我的重要任務。

目的當然是殺掉波狄瑪斯。

因為這個星球會落入這種荒謬的處境，基本上都是那傢伙的錯。

我們想打倒元凶，盡可能地矯正錯誤。

那就是我們這次的任務。

不過，這件事另一方面也跟波狄瑪斯和魔王之間的恩怨有關。

把解決波狄瑪斯的事交給魔王，其實讓我心情很複雜。

在跟波狄瑪斯的決戰中，魔王成功達成心願，殺掉了那個傢伙。

可是，這場勝利的代價實在太大了。

因為在戰鬥中受到的傷害，魔王已經幾乎失去戰鬥能力了。

還不只是這樣。

比起失去戰鬥力，這個問題要來得嚴重多了——那就是魔王的壽命已經所剩無幾了。

魔王原本就是知道自己壽命將盡，才會接下魔王的位子。

雖然她的肉體不會衰老，但靈魂已經撐到極限了。

這點也表現在魔王的能力值上。

包含技能在內，魔王的能力值已經不再變化了。

系統強化能力值與技能的機制，其實就是以經驗值的形式吸收自己擊敗的敵人之部分靈魂，並使其化為自己靈魂的一部分。

簡單來說，就是強制讓靈魂變得越來越巨大。

而魔王的靈魂已經膨脹到緊繃狀態，就像是快要破掉的氣球一樣。

所以，她無法繼續吸收名為經驗值的靈魂，能力值與技能也就不再出現變化。

而魔王達到臨界點的靈魂，自然不可能繼續接受更多的經驗值。

否則不是靈魂整個爆掉，就是跟破了洞的氣球一樣，逐漸洩氣、越縮越小。

不管會是哪一種結局，魔王的靈魂都已經快到極限了。

所以，魔王預期自己會在不久的將來死去。

不過，魔王活了超級久，標準跟普通人不太一樣。

以普通人的標準來說，她應該還能活很久才對。

可是，跟波狄瑪斯決戰以後，她的壽命又一口氣減少了許多。

現在的魔王看起來隨時死掉都不令人意外。

看到她變成那樣，就讓我懷疑讓她去跟波狄瑪斯決戰是不是做錯了。

就算那是魔王的要求，我或許還是應該嚴詞拒絕才對。

可是，我腦海中同時也浮現一個想法——因為讓魔王去對付波狄瑪斯，我才不用浪費多餘的能源。

那明明是魔王拚了老命才取得的勝利，我卻想要用數字去衡量其價值。

這種想法連我自己都覺得噁心。

讓我有點討厭自己。

算了，換個心情繼續前進吧。

過去發生的事情無法改變。

我會反省，但不會後悔。

因為後悔就等於否定過去的自己。

不管得到什麼結果，我都必須接受，並且從中學習，繼續前進。

好了，反省完畢。

為了繼續前進，我就先去探望那些俘虜吧。

在這次的戰爭中，我們抓到了以山田同學為首的勇者一行人。

還有那些以保護為名義，實則被軟禁在妖精之里的轉生者們。

以及老師這個唯一倖存的妖精。

就這些了。

換句話說，俘虜幾乎都是轉生者。

畢竟妖精被我們殺光了。

妖精這個種族的主體是波狄瑪斯的複製人。

先有波狄瑪斯的複製人，而那些複製人與被改造成妖精的人，以及他們的子孫，就是名為妖精的種族。

在綁架那些轉生者之前，妖精似乎就有在綁架人類了。

那些被綁架的人類都被改造成妖精，用來跟波狄瑪斯的複製人生孩子。

畢竟如果只有波狄瑪斯的複製人，遺傳基因就會失去多樣性。

而因此誕生的孩子，就會被當成妖精養育。

因為這個因素，絕大多數的妖精都算是波狄瑪斯的親人。

與其說妖精是個種族，不如說他們是個親族？

因為這個緣故，還是把妖精殺光會比較好。

唯一的例外是老師和那些半妖精。

老師自然是不用多說的，要是連半妖精都得處理掉的話，就太費事了。

我的眼睛也不是萬能的。

不但有些地方看不到，也會漏看目標。

雖然我覺得儘量殺光妖精比較好，但要把妖精之里外面的妖精也殺光，實在太費力氣了。

就算出現某種程度的漏網之魚，也是無可奈何的事情。

因為這個緣故，我決定放過那些已經脫離妖精族的傢伙。

所以，我也決定放過山田同學一行人之中的那個半妖精。

雖然那個半妖精好像早就死過一次了，但那次不算數。

反正她最後還是復活了嘛。

即使山田同學好像因為這樣倒下了，但那可不是我的問題！

不關我的事喔！

不管會怎麼樣都與我無關喔！

嗯。

儘管有點害怕，但我應該還是得去看看山田同學的情況吧～？

山田同學當時之所以倒下，也是因為我的錯～

他應該是那個了吧？

他八成是把禁忌練到最高等級了吧？

要是他受到禁忌的影響，性格大變的話該怎麼辦……

啊……越想越害怕。

還有，我是不是還得向其他轉生者解釋這一切啊～？

不能全部交給鬼兄去處理嗎？

我實在很不想開口說話。

某方面來說，比攻陷妖精之里還要困難的任務，還在後面等著我。想到就憂鬱。

總之，先去看看情況吧。

我離開樹屋往前走去，遇到一座屍體堆起的小山。

不，我沒有亂說。

這不是比喻，而是事實。

堆積如山的屍體，其實就是那些殺進妖精之里的帝國軍。

在夏目同學的率領下來到這裡的帝國軍，先是跟妖精軍戰鬥，又被魔族軍從後方夾擊，結果被打得潰不成軍。

雖然有不少人活了下來，但還是受到了以軍事層面來說，可以算是全滅的沉重打擊。

我記得只要死傷人數超過三成，好像就算是全滅了吧？

還是四成？

總之，他們確實受到了嚴重的損失。

夏目同學親自率領的部隊，是跟山田同學一行人以及老師這些普通人交手，所以傷亡也比較輕微。

可是，因為其他部隊是跟波狄瑪斯的祕密兵器交戰，所以有些部隊似乎是真的全滅了。

雖說是祕密兵器，但並不是跟我交戰的海膽，也不是跟魔王交戰的光榮使者Ω號，而是量產型的兵器。

就是我口中的「機器人」。

而且還不是超級機器人，就只是量產型的小兵。

不過，就算那種東西在我眼中就跟破銅爛鐵差不多，對於這個世界的人類來說依然是可怕的強敵。

至於到底有多可怕，只要知道那種機器人的戰鬥力跟地龍亞拉巴一樣，甚至還要更強就夠了～

既然說那些戰鬥力強到普通人無法抗衡的兵器是量產品，數量當然非常多。

嗯，想也知道他們死定了。

結果就是這些堆積如山的屍體。

看來應該是倖存的帝國士兵和梅拉的部下連夜趕工，從戰場上運回了這些屍體。

當我抱怨睡不好覺的時候，剛打完一仗的他們當天晚上還得徹夜工作。

總覺得有點過意不去～

抱歉，我不該說那種人在福中不知福的話～

光是還能睡上一覺，就已經算是很好命了。

異世界的士兵全都得戰鬥到死為止，沒死成的還要連夜工作，可說是超級苦命的職業。

各位夢想來到異世界的年輕人！你們要不要也來異世界從軍呢？

……我開始覺得他們很可憐了。

雖然在我的計畫之中，這些帝國軍的士兵本來就是棄子，我老早就知道他們會有這種下場就是了～

我還刻意讓夏目同學召集那些死不足惜、腐敗不堪的帝國貴族底下的士兵，來組成這支部隊，但腐敗的是那些高層，這些士兵並沒有罪過～

雖然其中應該也有透過高層中飽私囊的傢伙就是了。

不管怎樣，他們確實完成了自己的任務。

因此，我覺得自己應該好好地祭悼他們。

因為我們不可能從這裡把屍體運回帝國，所以只能帶回他們的遺物，或是火葬之後把骨灰帶回去。

總之，他們是一定得厚葬的。

相較之下，這裡找不到妖精的屍體。

因為全都消失在我的肚子裡面了。

正確來說，是被我的分體們吃掉了。

對我而言，這也算是一種厚葬。

因為在自然界之中，吃掉自己殺死的敵人是一種禮儀。

那些屍體被我吃掉，化為我的血肉。

嗯，這是多麼美好的事情啊。

要是知道自己的親人化為神的血肉，波狄瑪斯肯定也會喜極而泣吧。

「白大人，早安。」

正當我眺望著那座屍山的時候，梅拉走過來向我問好。

「您吃過早餐了嗎？如果還沒有，就讓小的來為您準備吧。」

不知為何，他異常殷勤地說要幫我準備早餐。

這樣不太對吧。

梅拉總是很貼心，平常要是說這種話一點都不奇怪，但他現在可是以軍團長的身分站在這裡。

部下明明還在旁邊，他卻對以職務來說地位相等的我這樣獻殷勤，實在有些奇怪。

畢竟梅拉是個公私分明的人。

他應該不會讓部下看到自己明顯居於人下的樣子。

雖然我覺得不太可能，但梅拉這傢伙該不會……

該不會是在擔心我會吃掉那些屍體吧？

要是我睜開眼睛，現在肯定是在瞪他。

也許是察覺到我的不滿，梅拉的眼神有些游移。

雖然常人察覺不到這種細微的動搖，但瞞不過我的眼睛。

這個臭小子。

算了，不跟他計較。

反正我確實還沒吃早餐，乾脆聽從他的建議，請他幫我準備吧。

要是不讓他幫我做點事情，我也沒辦法消氣。

嗯？有殺氣？

我感覺到一股強烈的殺氣，以及發動魔法的徵兆。

比我晚一步感覺到這股殺氣的梅拉準備採取行動，但我出手制止了他。

「嗯……看來這種程度果然對妳毫無威脅性，甚至連威嚇都算不上。」

釋放出殺氣的人緩緩走向這裡。

他是帝國軍的其中一位將領，名字好像叫做羅南特。

說他是勇者尤利烏斯的魔法老師，應該比較多人知道吧。

「你這是什麼意思？」

梅拉也用殺氣回敬羅南特。

因為壓迫系技能的影響，梅拉發出的殺氣非常可怕。

在附近工作的魔族軍和帝國軍士兵，全都變得面色鐵青，因承受不住而紛紛倒地。

在這樣強烈的壓迫感之中，羅南特若無其事地露出笑容。

嗯，這傢伙真不愧是人類中的長老。

雖然光就能力值來看，梅拉要比他強多了，但羅南特身上散發出的威嚴，讓他看起來更像是個大人物。

「沒什麼意思，只是來打個招呼罷了。」

「是嗎？原來帝國的人都是用施展魔法來代替問候的嗎？我還是頭一次聽說。」

相較於態度輕浮的羅南特，梅拉身上散發出的壓迫感變得越來越強。

現場籠罩在一觸即發的緊張氣氛之中。

話雖如此，但也有個傢伙在破壞這種氣氛……

我可以吐槽嗎？

菲兒啊，妳為何要黏在羅南特背上？

因為菲兒整個人緊貼在羅南特的背後，讓梅拉看起來像是正在跟一對爺孫叫囂的流氓。

這算什麼？

簡直莫名其妙。

梅拉在發出殺氣的同時，似乎也感到有些困惑。

這也怪不得他。

「要是連這點小事都能反應過度，可是會被人看破虛實的。事實上，那位大人早就看穿我不打算真的放出魔法，才會完全不為所動，不是嗎？」

雖然確實是這樣沒錯，但我不為所動的最大理由，其實是因為趴在你背上的菲兒令我感到困惑。

一個得意洋洋地背著幼女的老爺子。

這傢伙實在太莫名其妙了。

「那位大人跟我之間有著不淺的因緣。當然，我對她來說只是無關緊要的小人物，但就是因為這樣，我才想要趁現在跟她打聲招呼，讓她記住我的名字。」

呃……嗯，我早就知道你的名字了。

經歷過這麼充滿震撼力的相遇，就算我想忘也忘不掉了吧。

「我的名字是羅南特．歐羅佐。連克山杜帝國的首席宮廷魔導士。」

老爺子氣勢十足地報上名號，感覺就很適合「磅！」這樣的背景音效。

下一瞬間，菲兒立刻拉扯他的臉頰。

老爺子的臉變得跟青蛙一樣。

「噗……！」

梅拉忍不住噴笑。

我也差點笑了出來。

在剛才那個時間點看到鬼臉，任誰都會笑出來吧！

要是搞笑藝人看到那一幕，肯定也會說他卑鄙！

這只能笑了不是嗎！

不……不行！要是繼續待在這裡，我一定會笑出來。

「我們走吧。」

「呃……這樣好嗎？」

面對臉上充滿困惑的梅拉，我使勁點了點頭。

趁我的腹肌和臉部肌肉還有力氣的時候，我們趕快撤退吧！

我轉身背對依然保持著鬼臉的老頭，快步離開現場。

「看看妳幹了什麼好事！」

從背後傳來這樣的叫聲，但我努力不去在意。

雖然梅拉又偷瞄了那個老爺子幾眼，但看到我毫不猶豫地走掉，讓他慌張地跟了上來。

我好像有聽到身後傳來「請、請等一下！」，但一定是我聽錯了。

這句話肯定跟搞笑藝人口中的「別按按鈕！」一樣，要反過來聽才對。

既然如此，別等他才是對的。

還沒跟轉生者們見面，我就已經快要累壞了。

沒有這樣的吧～

儘管遇到那個鬼臉老頭讓一天有了不好的開始，但梅拉帶我去吃早餐的地方，跟我昨晚睡覺的地方一樣都是樹屋。

魔族軍帶了用來露營的帳篷，但還是有屋頂的建築物睡起來比較舒服。
雖然有些區域的樹屋變得無法使用了，但寬廣的妖精之里中，還是有許多能夠居住的房子。
既然居民都不在了，我們沒理由不拿來使用。
「哎呀？早安。」
吸血子在樹屋裡優雅地享用早餐。
桌上有好幾道擺在木盤上的料理，那木盤也許是這間屋子裡原本就有的嗎？
因為這是早餐，所以份量不是很多，但種類卻非常豐富，讓人即使只是看著也不會膩。
餐點有麵包、沙拉和水果，還有切成一口大小的肉排與炒蛋。
這些料理豐富得不像是戰後第一天的早餐，而吸血子正拿著刀叉，高雅地享用著這一餐。
她是貴族嗎！
啊，她確實擁有貴族的血統沒錯。
「麻煩再多準備兩人份。」
梅拉對屋子裡面的部下做出指示。
看來這裡似乎是將領專用的餐廳。
收到指示的人立刻回到裡面的房間。
我猜那裡面應該是廚房吧。
既然梅拉叫了兩人份，就代表他也要一起吃吧。

總覺得很久沒看到吸血子和梅拉一起用餐的樣子了。

畢竟梅拉算是吸血子的隨從～

跟主人一起用餐總是有點奇怪。

不過，從沙利艾拉國前往魔族領地時，他們都很普通地一起用餐，現在說這個其實有點晚了。

嗯？

更何況梅拉身為軍團長，正式的地位比吸血子還要高。

真要說的話，反倒是在這裡用餐的吸血子走錯地方了吧？

我和梅拉的職位都是軍團長，但吸血子根本沒有職位吧？

不曉得那些不知道內情的魔族軍，又是怎麼看待這件事的？

嗯～不過，既然她都光明正大地在這裡接受將領級待遇了，普通士兵應該也都了然於心了？

我一邊想著這種無關緊要的小事，一邊坐在梅拉幫我拉好的椅子上。

啊！我一個不小心就坐下來了！

好紳士的舉動啊！

這就是優秀男人的本領嗎！

正當我在為此佩服的時候，梅拉也坐下來了。

仔細一看，他臉上充滿了疲憊。

跟妖精軍打了一仗後，他還徹夜處理戰後收尾的工作，也難怪會累成這樣。

他好像也沒吃過什麼東西。

若非如此，他也不會跟我和吸血子一起用餐。

他肯定會有所顧慮，之後才獨自吃飯。

除了吸血子之外的人都沒在這裡用餐。他們不是正在工作，就是累到睡著了吧。

雖然兩位吸血鬼一大早就優雅地享用早餐，還是讓人覺得很奇怪就是了。

「愛麗兒小姐還在睡。京也同學在旁邊保護她。菲米娜不知道跑去哪裡了。」

也許是看穿我的想法，吸血子主動告訴我其他人目前的狀況。

可是，她竟然說不知道菲米娜跑去哪裡。

我猜菲米娜肯定正在努力工作，但她還是一樣沒什麼存在感呢。

話說，菲米娜是我的部下，要是連我都無法掌握她的行動，豈不是很糟糕嗎？

……不會的！沒問題！

一定沒問題……不，是應該沒問題才對。大概吧。

「對了，草間同學去找其他轉生者了。他們現在應該正在一起吃早餐吧？」

草間同學……對喔，好像還有這個人。

就是教皇從小培養的那個不像忍者的忍者。

他的父親好像是教皇底下的特殊部隊幹部，聽說就是透過這層關係，教皇才會得知轉生者的存在。

後來草間同學自己也加入特殊部隊，在裡面接受鍛鍊。

當我們跟教皇達成暫時聯手對付妖精的協議時，也順便跟他碰面了。

他跟鬼兄似乎從前世就交情不錯，當我們跟教皇開會討論的時候，他們也會在休息時間閒聊～

不過，因為我和吸血子不太適應草間同學那種熱情的個性，所以跟他沒什麼交流。

沒錯，草間同學從前世就是一個很有趣的人，也是班上的開心果，是那種充滿陽光氣息的傢伙呢。

跟我和吸血子這種陰暗的傢伙合不來……

至於草間同學這樣的人為何會得到忍者這種專屬技能，我猜八成只是因為他的名字叫做「忍」吧。

如果是D的話，就幹得出這種事。

可是——原來如此……

對草間同學來說，這可是跟同學的久別重逢。

感覺應該就像是去參加同學會吧？

我因為這樣，不會想要特地跑去找人敘舊，但不知道吸血子和鬼兄又是怎麼想的？

「怎樣？」

雖然吸血子應該不知道我內心的疑惑，但她的口氣還是顯露出不快。

啊，我想起來了。

話說回來，吸血子前世時好像沒留下什麼美好的回憶？

看到她在此用餐的時候，我就應該發現了。

不過，我還是要逼她參加等等的轉生者說明會。

鬼兄也是。

啊，對了。

說到轉生者我才想起來，不知道山田同學怎麼樣了？

他差不多該醒過來了吧？

不曉得吸血子知不知情？

「山田同學？」

「嗯？呃……我想他應該還在睡吧？就我所知，還沒聽說他醒來了。」

因為長年的交情，吸血子變得相當擅長揣摩我的想法，但有時候還是需要想一下。

聽到我剛才簡短的問句，她這次也有一瞬間無法理解，才會一時說不出話來。

看來她的解讀能力還不夠強。

應該多學學鬼兄才對。

「比起那傢伙，反倒是剛解除洗腦狀態的長谷部同學麻煩多了。她現在似乎非常混亂。」

啊……

經她這麼一說，好像真的是這樣。

在我讓夏目同學進行洗腦的轉生者之中，除了自行解除洗腦的大島同學之外，還有個一直處於洗腦狀態的長谷部同學。

要是解除洗腦狀態，讓她恢復正常的話，又會發生什麼事情？

呃……

我或許得做好消除記憶之類的善後處理呢～

「她目前似乎處於強制睡眠的狀態，要是放心不下的話，妳何不晚點過去看看？」

就這麼辦吧。

但要先等我吃飽再說！

我享用了梅拉部下端上來的料理。

嗯……

明明才剛打完仗，這頓飯還真是豐盛。

這就是大人物的特權吧。

就算沒有徹夜工作，也能享用這些美味的料理，我現在的職位還真是不錯。

忘掉坐在我旁邊的梅拉，還有現在不知道在哪裡工作的菲米娜，以及為了保護魔王而整晚沒睡的鬼兄吧。

大家都要努力工作喔～

我一邊暗自想著這種連自己都覺得很過分的事，一邊享用美味的早餐。

多謝款待。

吃完早餐後，我在此暫時告別梅拉。

因為戰後處理工作還沒結束呢。

還得處理帝國軍的屍體，以及解決俘虜的問題。

雖然他整晚沒睡又得馬上工作，但我希望他能繼續努力下去。

至於我和吸血子，則決定去魔王那邊看看。

雖然魔王應該還在睡覺，但我們得帶走負責護衛魔王的鬼兄。

跟轉生者們碰面的時候，鬼兄的溝通能力是不可或缺的。

鬼兄是否在場，會大幅影響任務成功的機率。

於是，我們來到鬼兄所在之處。

儘管事前沒有任何說明，但鬼兄不愧是鬼兄，只看手勢就能理解我想說的話。

因此，我們很順利地帶走鬼兄了。

反正還有艾兒、莎兒與莉兒這三個護衛，就算少了鬼兄，應該也不會有影響才對。

話說，一直黏著那個老頭的菲兒到底在做什麼？

她為什麼不去保護魔王，而是要趴在那個老頭背上？

簡直莫名其妙。

好啦，既然已經做好準備，我們也該去找那些轉生者了。

……真的非去不可嗎？

真不想去～

不想跟認識若葉姬色的轉生者們見面。

光是這樣就讓我興致缺缺了，為了把事情說明清楚，我還無論如何都非得開口說話不可。

這是懲罰遊戲嗎？

唉……真不想去。

雖然不想去，但又非去不可。

真的是這樣嗎？

仔細想想，我應該沒有向那些轉生者解釋這整件事的義務吧？

我能不能就這樣保持沉默，讓他們搞不清楚狀況，像是無頭蒼蠅一樣亂飛？

我可不可以這麼做？

當然可以！

「白小姐，妳應該沒在想什麼不好的事情吧？」

嗚……！

臭鬼兄，你是超能力者嗎！

嗚嗚嗚……

唉……

沒辦法。

既然都被鬼兄吐槽了，那我也只能做好覺悟、勇敢出擊了。

於是，我們來到轉生者們所在的樹屋。

雖然跟妖精軍交戰的時候，我讓這些轉生者暫時躲到我的異空間，但戰爭結束之後，我就立刻把他們移到這棟樹屋裡面了。

除了夏目同學之外，山田同學等人也被移到這裡了。

雖然讓這一大群轉生者全都擠在一個地方，讓我覺得有些過意不去，但這樣我們會比較容易管理。

裡面姑且有把男生和女生分開，應該不會出差錯才對。

更何況，我還有派人看守。

如果是雙方都同意的行為呢？那就不關我的事了。

我把手放在樹屋的門上，這道門平凡無奇，但現在的我卻覺得很沉重。

他們看到我之後，應該有很多話想要對我說吧。

畢竟我的長相跟若葉姬色一模一樣。

對了，順帶一提，不管是把他們放進異空間的時候，還是把他們移出來的時候，他們都沒機會看到我的臉。

那些轉生者等於是突然被丟進陌生的異空間，又突然被丟出來，我想他們應該完全搞不清楚狀況吧。

要是我這個有著若葉姬色的長相，看起來又像是知道內情的傢伙傻傻地跑進去，他們肯定會對我問個不停！我完全可以預見！

唉……真不想進去。

雖然不想進去，但也不能一直拖拖拉拉，在這裡浪費時間。

來吧！我要做好覺悟進去裡面了！

然後我把門打開，看到被繩子綁住的草間同學和荻原同學。

砰！

我想都不想就把門關上了。

嗯？

什麼？

我看了什麼！

剛才那是怎麼回事？我看到幻覺了嗎？

這代表裡面有個甚至能讓我看到幻覺的高手嗎！

為了確認自己不是一時眼花，我再次輕輕地把門打開。

我還是能看到被繩子綁住的草間同學和荻原同學。

……嗯。

嗯，好吧。

呃……好吧。

我就退個一百步，不管他們被繩子綁住的事了。

草間同學和荻原同學都是神言教的走狗。

草間同學是襲擊這個妖精之里的犯人，也就是我們這邊的人，而荻原同學則是故意被妖精抓住，負責從內部洩漏情報的密探。

沒錯，荻原同學也是跟教皇有關係的轉生者。

荻原同學擁有「無限通話」這個專屬技能，可以無視覆蓋住妖精之里的結界，從內部發出念話給外面的人。

這技能看似平凡，但其實很厲害。

畢竟覆蓋妖精之里的結界耗費了大量MA能源，性能可說是相當地高。

但這技能卻能無視這道障礙，真的意外地很厲害。

雖然只是念話，但也不容小覷。

不用說也知道，可以透過荻原同學得知妖精之里的內部情報，對於執行那場襲擊作戰可說是貢獻良多。

為了達成這個目的，於是他故意讓那些妖精抓住，被軟禁在這個妖精之里好幾年，實在令人佩服。

不過，那是以我們這邊的角度來說。

對其他轉生者來說，他就跟叛徒沒兩樣，把他抓起來審問也很正常。

可是，我不懂為何要把他們面對面綁在一起？

照理來說，這種時候應該要把他們背對背綁在一起吧？

方向反過來了吧？

雖然草間同學和荻原同學都拚命地把臉別開，但他們的臉還是免不了貼在一起。

如果角度稍微沒弄好，甚至有可能不小心接吻。

而且，為什麼女生們都一臉滿足地看著他們？

感覺要是有相機的話，她們甚至會開始拍照。

反應還算正常的女生就只有老師，以及前班長工藤同學與櫛谷同學。

啊，不對……

雖然老師嘴巴上說：「我們不應該做這種事——」但是也一直從遮住臉孔的手指細縫偷看他們。

工藤同學則是感嘆地說著「這樣是錯的。我只接受二次元。三次元是不行的！」這種莫名其妙的話。

結論就是，只有櫛谷同學是正常的！

呃……現在到底是什麼情況？

「若葉同學！快來救我！」

當我因為這個莫名其妙的光景愣住時，草間同學注意到我的存在，立刻向我求救。

他似乎相當著急，聲音聽起來像是快要哭了。

喂，別在這種時候叫我的名字啦！

聽到草間同學這句話，在場的所有人幾乎都看了過來。

不要啊！

拜託別在這種莫名其妙的時間點看著我！

別看我！

「不會吧……」

「她是若葉同學嗎？」

「咦？可是……」

「真的是她本人嗎？」

轉生者們看著我竊竊私語。

其中有個人代表他們站了出來。

那就是前班長工藤同學。

「好久不見……這樣說沒錯吧？妳是若葉同學對吧？」

雖然我其實不是，但要是現在否認這點，事情就會變得很複雜，所以我默默地點頭。

看到我表示肯定，老師顯然動搖了。

「還有，妳後面那個人是笹島同學嗎？」

「嗯，我就是。班長，好久不見。」

「嗯。」

看到鬼兄心平氣和地向她問好，工藤同學氣勢全消，放鬆了原本緊繃的肩膀。

可是，她很快就重新繃緊神經，看向另一個人。

「用刪去法來推測的話，妳是根岸同學嗎？」

「沒錯，妳答對了。」

聽到吸血子表示肯定，工藤同學身後的轉生者們又開始竊竊私語。

聽他們討論的內容，大致上都是被吸血子的改變嚇到了。

工藤同學大聲擊掌，讓吵鬧的轉生者們安靜下來。

「然後呢？你們來到這裡有何目的？」

工藤同學毫不掩飾對我們的戒心，問了這個問題。

也難怪她會這麼提防我們。

這些被抓到妖精之里的轉生者都知道帝國軍殺進來了。

可是，他們完全不曉得之後發生了什麼事，就被我送進異空間隔離，回過神來又被人關在這裡。

自己之後會有什麼遭遇？

到底發生了什麼事情？

在這種一無所知的情況下，突然出現同樣身為轉生者的三個人，他們當然會提高警覺。

除此之外，他們似乎還對此感到困惑。

工藤同學、田川同學、櫛谷同學和漆原同學對我們充滿戒心。

其他人則是感到困惑的成分比較多。

「請放心。我們無意傷害各位。」

鬼兄搶在我之前開口。

「雖然老師可能無法相信，但我們不是敵人。這點希望大家相信我們。」

鬼兄誠懇的話語讓現場安靜下來。

有幾位轉生者偷偷地看向老師。

可是，老師並沒有發現他們的視線，她看似腦袋裡一團亂的樣子，嘴巴動個不停。

我猜她大概是想要說些什麼，卻又說不出話吧。

「我們今天來到這裡，是為了跟大家對話。我們必須好好談談才行。」

鬼兄一邊環視眾人，一邊如此宣言。

沒人對此提出異議。

帶鬼兄一起過來果然是對的～

「那個……在此之前，可以先替我們鬆綁嗎？」

「笨蛋！看看氣氛好嗎！」

草間同學可憐兮兮地求饒，但荻原同學制止了他。

「……草間被綁起來我還可以理解，為什麼連小荻都被綁起來了？」

鬼兄說出這個理所當然的疑問。

這麼說來，草間同學是因為跟山田同學一行人交手過，才會被當成敵人抓起來，但荻原同學怎麼會被人發現他是密探？

只要他不說出來，應該不會事跡敗露才對……

「都是因為這個笨蛋一開口就說出我是間諜，所以才會露餡的……」

「原來如此……」

草間同學這個笨蛋吐出舌頭，露出俏皮的笑容。

他肯定是主動找上荻原同學，還說出「小荻，我們的作戰計畫成功了！」這種話。

然後就被大家發現荻原同學也是草間同學的同伴……

我可以清楚想像出那個光景。

「……站著說話不太方便，我們坐下來談吧。」

也許是因為草間同學的事情讓現場不再緊張，工藤同學有些疲倦地如此提議。

遺憾的是，草間同學和荻原同學依然被綁在一起。

我們所在的這間樹屋有四層樓。

至於把樹幹挖空做成的房子，到底能不能用「四層樓」來描述的這件事，就先放到一邊吧。

回到正題，這裡的一樓是餐廳。

裡面擺了好幾張桌子，也有數量相對應的椅子。

不過，桌子現在都已經推到旁邊，只把椅子拿了出來，讓大家坐在自己喜歡的地方。

因為桌子會讓大家不容易聽到我們說的話，工藤同學才會下達指示，請大家幫忙移開。

轉生者們以我為中心圍成一個半圓，坐著等我開始說話。

沒錯，以我為中心！

為什麼是我！

以鬼兄為中心不好嗎！

剛才都是鬼兄在主導對話，就這樣繼續保持下去不行嗎！

然而，鬼兄竟然若無其事地把中心的位置讓給我，坐在斜後方的椅子上。

他的眼神是這樣告訴我的——

這些話應該由我來說。

真的不用這樣。

拜託你不要有那種奇怪的顧慮啦！

嗚……就是因為這樣，我才不喜歡這種個性正經的傢伙！

嚴守規律的人遇到這種狀況，往往不知道變通，讓人很傷腦筋。

我發動透視，在不轉動脖子的情況下偷看坐在斜後方的鬼兄。

他動也不動。

在我開口之前，他完全不打算做出行動。

傷腦筋。

為了尋求援軍，我看向鬼兄的旁邊——

吸血子不知為何臭著一張臉。

她也完全沒有動作。

看來是不能指望她了。

讓這傢伙開口說話，說不定反倒會讓事情變得麻煩。

我看向前方。

工藤同學雙手抱胸，還蹺起二郎腿，定睛注視著我。

她前世的眼神很銳利，今世也是個細長眼美少女。

被工藤同學這樣瞪著，讓我感受到強烈的壓迫感。

難不成她擁有壓迫這個技能嗎？

此外，在工藤同學的旁邊還坐著難掩緊張的老師。
她的眼神一直到處亂飄，身體也跟著動來動去。
那些幾乎一無所知的轉生者，因為根本搞不清楚狀況，所以完全不會緊張。
可是，因為老師知道一些事情，又無法預測接下來會發生什麼事，才會感到如坐針氈吧？
以那些轉生者的立場來說，他們應該是真的什麼都不知道才對～
一旦我方提議對話，希望得到說明的他們當然會一口答應。
不過，站在老師的角度，情況就不太一樣了。
老師似乎知道吸血子和鬼兄是魔族陣營的人。
她原本以為來攻打這裡的是帝國軍，結果本該待在魔族陣營中的兩位轉生者卻出現了。
也難怪她會感到混亂。
而且老師還被波狄瑪斯那個混帳灌輸了許多奇怪的觀念，無法正確判斷事情的對錯。
正因為她手中握有情報，才會有別於其他轉生者，腦袋裡變得一團亂。
在現場的轉生者之中，情報量僅次於老師的是田川同學和櫛谷同學，以及漆原同學這三個人。
田川同學和櫛谷同學也是最近才來到妖精之里，之前都是以冒險者的身分四處流浪。
不久前還參加了魔族與人族的戰爭，在戰場上跟梅拉交手。
就這方面來說，他們跟魔族軍之間的恩怨可能比老師還要多。

可是，他們兩人都比老師還要平靜，準備聽聽我們的說法。
漆原同學沒有坐在椅子上，而是背靠著牆壁，默默盯著我看。
……總覺得有點可怕。
比起在我眼前的工藤同學，她的眼神要來得可怕多了。
可是，她看起來並不是有話想說的樣子。
其他實際在妖精之里戰鬥過的轉生者都不在現場。
他們似乎都還在療養休息。
要是他們在場，事情又會變得更複雜，現在沒出現反倒更好。
除了被綁起來的草間同學和荻原同學之外，雖然每個轉生者的態度有所不同，但都打算聽聽我們的說法。
除了老師之外，應該所有人都願意聽我們說話。
山田同學等人目前不在現場，這可是拉攏其他轉生者的絕佳機會！
可是，我現在可說是四面楚歌。
斜後方是跟雕像一樣不動如山的鬼兄。
另一邊還有依然擺出臭臉的吸血子。
前方是對我施加壓力，要我趕快說明的工藤同學。
老師坐立不安地一直偷看我。

其他轉生者也都靜靜注視著我。

我可以逃走嗎？不行嗎？

我非得在這種眾目睽睽的情況下說明現況不可嗎？

不行嗎？這樣啊……

呃……呃……

這種時候是不是應該先說幾句時節問候語？

今天是個好日子？

好像不太對耶。

話說回來，我到底該從哪裡開始說明？

因為這些轉生者什麼都不知道，我必須從頭到尾把事情說明清楚。

可是，這個從頭到底該從哪裡算起？

從這個世界……不，是系統的起源開始說起嗎？

不過，突然告訴這些轉生者那種事情，他們應該只會嚇到，而且那也不是他們想知道的事情吧？

這些轉生者現在最想知道的是什麼事情？

我思考了一下，決定這樣開頭——

「首先，你們現在是魔族的俘虜。」

「啊？」

工藤同學在一瞬間露出驚愕的臉色，但很快就換上充滿敵意的表情。

其他轉生者也議論紛紛，開始驚慌失措。

啊，我好像說錯話了。

因為草間同學也在這裡，我還以為他們已經得到某種程度的情報，看來他們還沒從他口中挖出情報。

難道連實際上場作戰的田川同學等人，也沒有告訴他們任何事情嗎？

……原來如此，他們就是打算問出這些情報，才會把草間同學和荻原同學綁起來吧。

或許我應該晚點再過來才對。

「安靜！」

鬼兄站起來拍了兩下手，讓轉生者們冷靜下來。

「請放心。雖說各位是俘虜，但並不會受到殘忍的對待。與其說是把你們抓起來，不如說是要保護你們。這點請大家儘管放心。我剛才也說過了，我們無意傷害各位。因此，就算我們說了什麼奇怪的話，也希望大家都能聽到最後。可以嗎？」

聽到鬼兄誠懇的話語，原本議論紛紛的轉生者們逐漸恢復平靜。

只有漆原同學、田川同學與櫛谷同學在平靜中依然保持警戒心，其他人都願意繼續聽我們說下去。

呼……鬼兄，幹得漂亮！

就算他們一直在妖精之里生活，但魔族聽起來就像是人族的敵人，他們果然還是會害怕。

突然聽說自己變成魔族的俘虜，當然會陷入混亂。

哈哈，我差點就搞砸了呢。

幸好有鬼兄幫忙圓場。

「那個……所以到底是怎麼回事？你們是魔族那邊的人嗎？」

工藤同學扶著自己的額頭這麼問。

雖然我平常只會點頭表示肯定，但我也知道這次不能只有點頭，還需要用話語補充說明。

我……我必須說些什麼才行！

啊……！嗚……！喔……！

嗯……雖然我不是很想這麼做，但也別無選擇了。

只能暫時放下自尊，放手一搏。

我切換了模式——

「沒錯。順便告訴各位，我們三個都不是人類。」

在說出這句話的同時，我睜開眼睛。

雖然邪眼已經完全關閉，就算看到我的眼睛也不會有事，但看到這麼詭異的眼睛，轉生者們全都倒抽了一口氣。

此外，吸血子和鬼兄發現我的氣場改變，也跟著倒抽了一口氣，但我不予理會。

「為了達成某個目的，我們三個正在協助魔王。這件事就等之後再來說明吧。當務之急是確認目前的狀況。」

我說得非常順暢，絲毫沒有停頓。

這些話明明是從我的嘴巴說出來，卻連我自己都感到驚訝。

我擁有不屬於自己的記憶。

那是若葉姬色，也就是Ｄ的臨時身分的記憶。

我能基於那些記憶，重現若葉姬色的人格。

這就是若葉姬色模式。

只要進入這個模式，我就有辦法直接說出內心的想法。

因為若葉姬色並非不擅言詞，說不出話反倒奇怪。

可是，這個模式簡單來說就是讓我假扮成Ｄ。

竟然要我假扮成Ｄ……！

這根本是天大的屈辱！

所以我才不想這麼做！

可是，要是不這麼做，我就沒辦法正常說話！

因此，我決定忍耐。

「首先，我想你們應該都有聽說，帝國軍攻打這個妖精之里的事情。而我們魔族軍也從帝國軍的後方，對妖精之里發動了襲擊。夏目同學率領的帝國軍只是誘餌。」

聽到我這麼說，轉生者們又開始議論紛紛。

其中又以老師的臉色特別難看。

「這件事……可以麻煩妳詳細地告訴我嗎？」

就在這時，有一道人影從通往二樓的樓梯走了下來。

傷腦筋……該來的還是來了……

在這個糟糕的時間點出現的傢伙，正是本應昏迷不醒的山田同學。

S1　在全新的世界醒來

我作了一場夢。

『贖罪吧。』

那是個感覺非常糟糕的夢。

『贖罪吧。』

一切事情都往不好的方向發展。

『贖罪吧。』

就算想要挽回，那些力挽狂瀾的行動反倒讓情況變得更糟。

就像是被拖進無底沼澤裡一樣。

越是拚命掙扎，身體就陷得越深。

然後，我全身都被拖進沼澤裡面，最後……

我猛然睜開眼睛。

我好像作了場夢。

那是個讓人感覺非常糟糕，沒有救贖的惡夢。

睜開眼睛後，我最先看到的是陌生的天花板。

正當我茫然看著那片天花板的時候，旁邊好像有人動了一下。

「俊！你醒過來了嗎！」

我看向那道慌張聲音傳來的方向，結果看到坐在旁邊的卡迪雅。

她的表情跟聲音一樣，同時顯露出焦慮、疲勞，但又混入一絲安心的情緒。

「你沒事吧？」

「呃……嗯，我沒事。」

我招架不住卡迪雅發問時的氣勢，在情急之下如此回答。

「太好了。不管我施展幾次治療魔法，你都沒有醒來，害我以為你再也不會醒過來了。」

看來卡迪雅似乎一直都在對我施展治療魔法。

難怪她的表情看起來如此疲倦。

正當我想到這裡時，卡迪雅開始哭了起來。

「咦？妳怎麼哭了！」

「太好了。真的太好了……」

卡迪雅淚流滿面，我則是不知所措，亂了手腳。

「我沒事。妳看，我真的完全沒事。喏。」

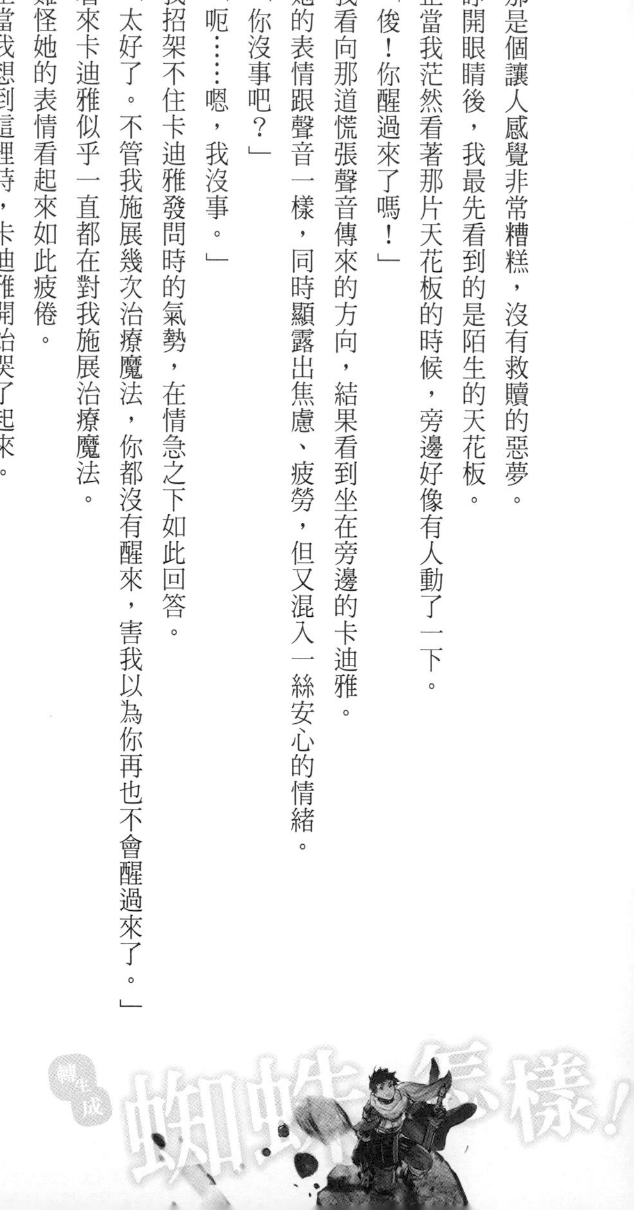

我向她強調自己沒事。雖然連我自己都覺得這種安慰方法很遜，但還是強過什麼都不做。
事實上，我的身體並沒有異狀。
不但沒有受傷，也不會感到疼痛。
也許是因為才剛睡醒，身體還有些倦怠，但基本上還算健康。
……至少身體是這樣沒錯。
「真的沒事嗎？你的臉色好像不太好看耶。」
卡迪雅一反常態，變得特別愛操心。
她剛剛都哭出來了，看來我的狀態或許比自己想的還要更糟。
我知道自己昏迷不醒時有發出呻吟。
明明有對我施展治療魔法，我卻昏睡不醒，還一直痛苦呻吟，也難怪她會擔心。
「嗯，我沒事。只是有點口渴。」
我盜汗的情況很嚴重，身上的衣服吸了汗水，緊緊貼著皮膚。
身體似乎流失相當多的水分，喉嚨乾到不行。
「啊，那我去幫你拿水和杯子過來。」
卡迪雅立刻起身，小跑步離開房間。
我目送著她的背影，無力地倒向床鋪，讓身體深深地陷進床裡。
在我視野的角落……不，應該是腦海中的角落，浮現出一些文字。

這種感覺就跟發動鑑定的時候一樣。
從剛才開始，那些文字就一直散發出討厭的存在感。
光是意識到那些文字，就讓我覺得很不舒服。
然而，跟鑑定不一樣的是，那些文字無法消除。
上面寫著「禁忌」這兩個字。
我努力壓抑著想要嘔吐的衝動，把意識集中在那些不祥的文字上。
結果「禁忌」中的內容就變成選單顯示出來了。

『禁忌選單：
系統概要
系統各大項目的詳細解說
更新紀錄
點數列表
轉生紀錄
特殊項目n%I=W』

「嗚……！」

光是開啟選單，就有強烈的嘔吐感向我襲來。
彷彿濃縮的惡意就在眼前一般，令人覺得無比醜陋。
一股寒意無視於我的想法與情感湧上心頭。
儘管出於本能的衝動驅使我關閉選單，但我勉強忍住了。
我忍住那種嘔吐感，打開系統概要這個選項。

『系統概要：
系統運轉前的狀況
ＭＡ能源
系統運轉後的狀況』

在打開選單的瞬間，又有一股嘔吐感湧了上來。
就好像那些文字本身會發出聲音一樣。
『贖罪吧。』
有如詛咒般的念頭朝我襲了過來。
我全神貫注地無視那股令人想吐、讓我很不舒服的念頭。
明明想要無視，卻得為此集中精神。真是矛盾。

不過，如果我不這麼做，感覺自己就快要瘋掉了。

老實說，我不想繼續看下去了。

可是我非看不可。

因為我必須確認剛才那場夢的內容是否正確。

我看到的那場夢，是一個沒有救贖的故事。

裡面沒有特定的主角，而是以上帝視角描述這個世界過去的故事。

波狄瑪斯——就是那位妖精族長還是人類的時候，只是因為自己不願面對死亡，就把這個星球與這個世界原有的諸神之間的關係搞得一團亂。

那是女神莎麗兒與她身邊的人努力奮鬥，試圖避免星球崩壞的紀錄。

這只是我的直覺，那場夢應該跟禁忌無關才對。

那可能是某人故意讓我看到的東西。

先不管那個某人到底有何意圖。

我只知道自己非得做個確認不可。

我鞭策著差點忍不住顫抖的身體，依序查看各個項目。

也就是「系統運轉前的狀況」、「MA能源」與「系統運轉後的狀況」。

裡面描述的內容跟我的夢境幾乎毫無分別。

在「系統運轉前的狀況」這個項目中，說明了這裡是個跟地球沒太大差別的星球。

只不過，這裡存在著「龍」這種地球沒有的生物。

這些生硬的文章裡不帶有情感，只羅列出事實。

可是，在瀏覽這些文字的過程中，一直有種念頭襲向我。

『贖罪吧。』

我一邊甩開那種念頭，一邊繼續瀏覽。

在「ＭＡ能源」這個項目中，說明了人類發現這種未知的能源，並且開始加以使用的事情。

他們不知道這種能源就是星球的生命力，只要拿來使用，就會大幅縮短星球的壽命。

而這件事觸碰到龍族逆鱗，讓人類差點滅絕。

是女神莎麗兒保護人類免於龍族的毒手。

可是，龍族放棄了人類與星球，離開了這裡。

然後，ＭＡ能源瀕臨耗盡，星球進入崩壞前的倒數計時。

人類忘記女神莎麗兒過去一直保護他們的恩情，試圖犧牲女神讓星球再生。

管理者邱列迪斯提耶斯為此感到憤怒。

為了拯救女神莎麗兒，他讓系統開始運轉。

這是為了兼顧女神莎麗兒的願望，以及讓女神活命這兩件事。

正當我讀到這裡的時候，卡迪雅拿著杯子和水壺回來了。

「俊！你的臉色怎麼這麼差！」

我的臉色有那麼難看嗎？

卡迪雅慌張地跑過來，把杯子和水壺擺在旁邊，伸出手摸著我的額頭，同時施展治療魔法。

這是精神上的問題，就算施展治癒肉體的治療魔法也沒用。

可是，卡迪雅的關懷滋潤了我慌亂的心。

「謝謝妳。我覺得好多了。」

儘管我發自內心地這麼說，卡迪雅似乎還有些懷疑，擔心地盯著我看。

因為睡覺時流了不少汗，現在又流了許多冷汗，讓我覺得比剛才還要口渴。

我把手伸向卡迪雅放在旁邊的杯子。

但在我拿到之前，卡迪雅就先拿起杯子，並把水倒進裡面，遞到我的嘴邊。

她是打算餵我喝水嗎？

我明明不是病人，這樣好像有點丟臉。

「我……我可以自己喝啦！」

「不行！我不允許！」

我屈服於異常強勢的卡迪雅，就這樣讓她餵我喝水。

冷水流進乾渴的喉嚨。

我轉眼間就喝完一杯水，卡迪雅似乎看出我還沒喝夠，又立刻幫我倒了第二杯。

喝光第二杯後，我總算能喘口氣了。

在喝水的同時，我繼續瀏覽禁忌選單的內容。

內容大致上都跟那場夢一樣。

雖然禁忌選單裡描述的內容有些缺漏，像是沒有提到波狄瑪斯的名字，以及沒有提到龍族奪走ＭＡ能源的事情。

可是，大致上都跟那場夢一樣。

我關閉「系統概要」這個選項。

雖然還想看看其他的選項，但我的精神力應該支撐不住。

我試著打開其他選項，稍微看了一下裡面，發現「系統各大項目的詳細解說」裡滿滿都是文字，讓人看不下去。

光是把這些文章全部看完就已經很累人了，如果每看一個字都會感受到精神上的壓力，我實在不認為自己有辦法立刻看完。

我決定放棄，打開下一個「更新紀錄」來看，結果裡面也同樣塞滿了文字。

看到這裡，我已經完全失去鬥志了。

我關閉禁忌選單。

就算關閉選單，位在腦海角落的「禁忌」這兩個字也不會消失。

從文字中散發出來的怨念也是一樣。

雖然比起打開選單時好多了，但只要想到這種感覺不會消失，就讓人感到厭煩。

我大大地嘆了口氣，從床上起身。

「傻，你還是繼續休息比較好。」

「不，我非去不可。」

樓下從剛才就一直很嘈雜。

這裡好像是這棟建築物的二樓。

我像是被某種力量引導，離開房間走下樓梯。

卡迪雅從我後面跟了上來。

接著，當我完全走下樓梯的時候，就看到我在昏倒前一刻見到的人了。

「這件事……可以麻煩妳詳細地告訴我嗎？」

聽到我的聲音，全身雪白的少女回過頭。

有著許多瞳孔的眼睛筆直注視著我。

那就是殺了尤利烏斯大哥的眼睛。

2 世界如此醜陋

山田同學的臉色很難看，卻踏著沉穩的步伐走了過來。
不愧是擁有「天之加護」的男人，山田同學在對我不利、卻對他有利的時間點登場了。
唉……事情又要變得複雜了。
「好久不見。妳是若葉同學……對吧？」
山田同學看著我這麼說。
為什麼最後變成問句了？
他本來還在瞪我，現在卻露出狐疑的表情。
難道我臉上有什麼東西嗎？
雖然眼睛裡有許多瞳孔就是了。
「算了。這不是重點，我也想聽聽妳的說法。我應該有這個權利吧？」
山田同學輕輕搖了搖頭後，繼續說了下去。
儘管我不是很懂，但他似乎注意到了什麼。
對我來說，既然他都已經來了，那就沒辦法了。

雖然不是不能把他趕走，但那樣應該會讓事情變得麻煩。
不過早在山田同學出現的那一刻，事情就注定會變得麻煩了。
「隨你高興。」
我別無選擇，只能消極地表示同意。
同時還不忘散發出不歡迎他的氛圍。
「謝謝妳。」
然而，山田同學對此毫不在意，反倒擺出接受挑戰的姿態。
大島同學迅速做出行動，把椅子拿給山田同學。
山田同學一邊向她道謝，一邊坐到那張椅子上，而大島同學也幫自己拿了張椅子，坐在山田同學旁邊。
這到底是為什麼？
為什麼看到他們的互動，少數女生會發出讚嘆的聲音？
在椅子上坐下後，山田同學慢慢地環視周圍。
他的目光在幾個地方短暫停留，最後又再次看向我這邊。
嗯……唔……
沒辦法了。
「第十軍，到我面前。」

聽到我如此宣言，好幾位白衣人出現在我眼前。

在看到他們出現的瞬間，絕大多數的轉生者都嚇了一跳。

這些白衣人是我率領的魔族軍第十軍的士兵。

我從其中挑選出特別擅長隱密行動的傢伙，讓他們負責躲起來監視這些轉生者。

山田同學似乎是發現他們躲在這裡，才會把視線停留在那些地方。

仔細一看，站在正中央的傢伙不就是菲米娜嗎？

妳在名義上可是第十軍的副軍團長，怎麼會跑來做這種雜事？

正當我對此感到不可思議時，菲米娜似乎看穿我的想法，額頭上冒出了青筋。

雖然實際上看不到那種東西，但我能感受到她的憤怒。

還有「還不是因為妳跑去睡大頭覺！」這樣的怨念。

嗯，我真的覺得很抱歉。

「就地解散。在收到指示之前各自休息。」

白衣人聽從我的命令，無聲無息地消失了。

我聽到有人說出「忍者」這兩個字。

沒錯，我也覺得我們第十軍的士兵，比起草間同學更像是忍者。

啊，其他白衣人都離開了房子，只有菲米娜好像上去三樓了。

對了，因為精神錯亂而被迫睡著的長谷部同學就在那裡。

總得有人負責看守她才行。

雖然我覺得讓身為幹部的菲米娜去做這件事不太對，卻沒有表示意見。

「剛才那些人是……？」

山田同學露出嚴肅的表情問道。

「他們是魔族軍第十軍的士兵。我讓他們負責監視並保護這些轉生者。」

聽到我這麼說，轉生者們都開始議論紛紛。

得知自己沒發現那種傢伙一直躲在身邊，會有那種反應也很正常。

有注意到這件事的轉生者，就只有漆原同學、田川同學與櫛谷同學這三個人吧。

還有就是老師了……雖然我是這麼想的，但老師也驚訝地睜大眼睛，看起來似乎是沒有發現。

「他們是魔族軍的精銳對吧？」

不，他們只是普通的小兵。

呃，雖然只是小兵，但他們接受過我的斯巴達式訓練，實力比其他軍團的士兵強上一截，要算是精銳應該也沒錯吧？

雖然差別不大就是了。

就當作是小兵吧。

山田同學的臉色不太好看。

他可能是在觀察那些白衣人的動作，衡量他們跟自己的戰力差距吧。

山田同學身為勇者，實力確實比其他普通人還要強。

可是，雖然他是個強者，但也沒有強到脫離常識的地步。

不但遠遠比不上過去的魔王和我，甚至連在場的吸血子和鬼兄都贏不了。

說不定連剛才那些白衣人，都能在運氣好的情況下戰勝他。

雖然一對一單挑應該打不贏，但兩個人一起上就有機會獲勝。

他的實力不過就是這種程度。

可是，因為他擁有「天之加護」這個外掛技能，所以很可能做出超越本身戰力的事情〜

「然後呢？你們以由古……夏目為誘餌攻打這裡，是為了什麼？」

山田同學沒有拐彎抹角，直接說出內心的疑惑。

傷腦筋……

想不到他會問這個問題〜

我偷偷看了老師一眼。

我非常清楚——

這是無法避免的話題。

可是，要是我說出原因，老師的立場肯定會變得很糟糕。

雖然如此，但這個問題我非得回答不可。

「妖精族長波狄瑪斯．帕菲納斯是世界公敵。他是危害這個世界的毒瘤，為了除掉那傢伙，魔族軍才會跟神言教聯手，發起這次的進攻。」

聽到我的回答，老師驚訝地張大嘴巴。

她的表情看起來像是聽不懂我說的話。

相較之下，山田同學卻意外冷靜地聽著我的回答。

他身旁的大島同學露出一半驚訝一半理解的微妙表情，可見他們並非事前就知道波狄瑪斯的事情。

「首先，妖精從很久以前就是威脅這個世界的存在。雖然妖精表面上宣揚真正的世界和平，致力於阻止人族和魔族之間的鬥爭，但那只是他們用來隱藏真面目的面具。他們其實是榨取這個星球的生命力，導致星球壽命縮短的害蟲。波狄瑪斯．帕菲納斯是他們的首領，儘管知道事情真相的少數人再三提出警告，要他停止這樣的行為，但他一直充耳不聞。因為星球的壽命已經面臨危險區了，我們才會採取這種強硬的手段。」

突然聽到規模如此宏大的事情，轉生者們再次議論紛紛。

「等一下！如果這些話屬實，這個星球會變成什麼樣子？」

工藤同學一邊起身一邊追問。

百聞不如一見。

我發動魔術，投影出這個星球的影像。

我讓這個星球目前的立體影像，像是地球儀一樣出現在上方。
影像裡的星球已經有一半都崩壞了。
「這是這個星球目前的樣子。」
大家都目瞪口呆。
在場幾乎所有人都是這種反應。
只有事前就知道現況的吸血子和鬼兄不為所動，其他人似乎都被這幅光景震撼到了。
「真的假的？」、「怎麼會這樣？」，類似這樣的質疑不絕於耳。
就連山田同學也不例外，他睜大眼睛緊緊盯著影像。
「這是騙人的吧？」
向來冷靜沉著的工藤同學顫抖著雙唇看著影像。
「這不是騙人的。還是說，你們要去親眼確認一下？」
面對我的提議，沒有人表示贊同。
我想應該沒人會想去那種崩壞的地方吧。
雖然我可以施展防護罩之類的東西，就算要去也不成問題，但大家並不曉得這件事。
大家都看傻了眼。
這次的會談是為了讓他們明白自己的處境。
結果他們聽到的事實遠比帝國入侵還要嚴重，甚至關係到星球的存亡，這似乎讓他們的大腦停止了思考。

轉生者們茫然地看著立體影像。

最快振作起來的人是工藤同學。

「告訴我，如果這個影像是真的，這個星球還能再撐幾年？」

聽到工藤同學的這句話，轉生者們全都回過神來。

照理來說，如果看到星球變成這樣，就算我說再過幾天星球就會崩壞，他們也會相信。在這種世界末日逼近的氛圍中，他們當然會想要知道這個問題的答案。

「請放心，至少在你們活著的這段期間，這個星球都不會崩壞。」

如果我的計算沒錯，就算保持現狀，這個星球也不會崩壞。

至少在轉生者們過完這一生的期間，應該都還撐得住才對。

不過，如果他們跟身為妖精的老師一樣長壽，那我就無法保證了。

因為我們已經排除掉波狄瑪斯這個浪費能源的最大因素，今後應該會慢慢恢復能源才對。

沒錯，只要有時間就能恢復。

只是，若要慢慢等待，無論如何都得有人犧牲。

而那個犧牲者就是目前擔任系統核心的女神莎麗兒。

莎麗兒已經快要被系統榨乾了。

她不可能撐得了那麼久。

更何況，這個世界的居民們靈魂劣化的程度，已經快要到達危險區域了。

魔族之所以出現出生率降低的問題，就是因為靈魂劣化而使他們無法重新轉生。

反覆轉生會讓靈魂磨損、受傷。

如果在這種狀態下勉強轉生，只會造成靈魂崩壞。

一旦陷入那種狀態，靈魂就再也無法轉生了。

雖然黑打造了一個地方，把那些靈魂明顯劣化的人隔離起來，但那種做法只能治標不能治本。

黑在那裡所做的，就只是儘量避免讓人們取得技能，跟波狄瑪斯對待這些轉生者的做法毫無分別。

這樣就能避免把技能這種多餘的東西加到靈魂上，讓人平安地過完一生。

因為光是擁有技能，就會對靈魂造成負擔。

如果是健康的靈魂還不成問題，但已經劣化的靈魂就無法承受了。

可是，就算讓人避免取得技能，也還是無法讓靈魂復原。

舉例來說，就是只能延緩病症惡化。

如果要讓劣化的靈魂復原，就只能讓靈魂避免轉生、暫時休養。

而一旦正在休養的靈魂增加，出生率就會下降。

結果就是世界的人口不斷減少。

因為人族的總人口數多於魔族，所以這個現象還不明顯。

但問題將會隨著時間經過，變得越來越明顯。

一旦人口減少，星球復原的速度也會變慢；而時間拖得越長，靈魂劣化的問題也會變得越嚴重。

沒人知道是星球會先復原，還是靈魂會先澈底劣化。

現在的狀況就跟膽小鬼賽局（註：又名「兩車對撞賽局」）差不多。

不過，這些問題跟轉生者們無關。

一旦他們結束今世的人生，就會回到正常的輪迴，不會繼續在這個世界輪迴。

他們不需要擔心這個世界的未來。

「妳只說我們，意思是我們的子女那一代可能會有危險嗎？」

工藤同學這句話有些出乎我的意料之外。

子女？

我很自然地看向工藤同學的肚子，發現我的視線後，工藤同學慌張地開始解釋。

「我沒有懷孕啦！我是說將來的事情。」

啊……

原來如此。

子女啊……

這我倒是完全沒想過。

與其說是盲點，不如說是認知上的差異。

因為對我來說，在這個世界生兒育女簡直就是瘋了。

我甚至沒想過要生下孩子。

你說那群小蜘蛛？

這個嘛……那些傢伙不能算是孩子啦。

在這個世界生孩子，就等於是生下轉生後的某人呢～

從自己的腹中，孕育出轉生後的某人。

雖然不只有這個星球是這樣，但在這裡生下的孩子，說不定是自己認識的人～

而且很有可能是自己曾經殺死過的人。

如果知道事情的真相，應該不會有人想要生孩子吧？

我想，神言教的教皇之所以故意讓世人遺忘真相，就是因為這個理由吧。

人們為了贖罪不斷轉生，而後作為儲存能量的裝置生存著——

要是知道這種真相，人們會有何反應？

自殺嗎？有可能。

可是，就算自殺了，也只會轉生成另一個人。

如果想要逃離這個煉獄，到底該怎麼做才好？

只要獻出一切就行了。

獻出自己的存在本身。

我絲毫不打算那麼做，但那些走投無路的人類，就算渴望消失也不奇怪。

而就算獻上一個人類，能夠恢復的能源也是微乎其微。

雖然瞬間恢復量乍看之下很多，但以長遠的眼光來看，讓靈魂不斷轉生所賺取的能源恢復量還要更多。

人們不是不小心忘記真相，而是不得不忘記真相。

可是，要是我在這裡說出真相，會造成什麼樣的後果？

如果不知道真相，起碼還能建立一個幸福的家庭吧？

「至少這個星球不會馬上崩壞。我們之所以前來討伐波狄瑪斯，就是為了防止星球崩壞。只要波狄瑪斯不在，這個星球就會停止崩壞，之後應該會慢慢復原才對。」

我沒有說謊。

我只是打算在那之前做出一些行動罷了。

我還故意避開子女的問題。

因為就算說了，也只會造成他們的不幸。

畢竟世上有許多不知道還比較好的事呢。

不過，既然出生率都下降了，他們到底能不能生下孩子也是個問題。

話說回來，他們有那種對象嗎？

「妳說的波狄瑪斯，就是那個軟禁我們的傢伙對吧？」

工藤同學扶著額頭這麼問。

她的目光不是對著我，而是對著老師。

老師沒有否認「軟禁」這個詞，像是燃燒殆盡一樣放空自己。

她也許是太過震驚，腦袋變得一片空白了吧。

可是，老師是個堅強的人，應該不會有事才對。

我切換了影像。

從這個星球的現狀，切換到前次戰爭的紀錄。

在影像中可以看到飄浮在森林上空的無數海膽與金字塔。

以及在森林裡移動的機械士兵。

那些充滿科幻感的敵人，跟這個奇幻風格的世界完全不搭調。

「波狄瑪斯之所以想要得到能源，就是為了驅使這些兵器。那些能源其實就是星球的生命力。因為他搾取那些能源，這個星球才會變成現在這樣。」

就算是在前世，大家也只在螢幕裡見過這種光景，更不用說是今世了。

轉生者們全都專心地看著那些影像。

「波狄瑪斯蒐集轉生者的理由，是為了得到轉生者的特殊力量。他似乎打算利用那種力量，實現自己的陰謀。」

其實他是打算犧牲轉生者，讓自己得以不老不死，但我不想讓他們知道那種獵奇的事情，所以不打算說出來。

再說，追求不老不死這種事，實在太誇張了。

正常人聽了都會嗤之以鼻吧？

假如我說出波狄瑪斯是超級認真地在進行追求不老不死這種誇張的計畫，反倒會讓自己的話失去可信度。

「妳到底想說什麼？他是為了利用我們，才會把我們綁架到這種地方嗎？」

「沒錯。」

我對工藤同學毫無掩飾的說法表示肯定。

畢竟事實就是如此。

「咦……？那……那我所做的一切，到底是……為了什麼……？」

嗯？

咦？

聽到這道嘶啞的聲音，我轉頭看了過去，結果看到老師全身痙攣，從椅子上摔了下來。

「老師！請妳振作一點！」

率先行動的人是山田同學。

山田同學立刻衝向從椅子上跌落的老師，確認她的身體狀況。
老師睜大眼睛、淚流不止，呼吸既急促又不規律，身體也同樣不規律地痙攣。
她拚命地大口呼吸，看起來卻還是很痛苦，難道是換氣過度了嗎？
山田同學抱起老師的上半身，對她施展治療魔法。
可是，這個世界的治療魔法只能修復受傷的身體組織，沒辦法治病。
我不確定換氣過度能不能算是一種疾病，但我知道那不是治療魔法可以治好的症狀。
「讓開。」
我推開只能施展治療魔法並呼喚老師名字的山田同學，探頭看向老師的眼睛。
然後發動邪眼。
我讓邪眼發揮出跟平時相反的效果。
我的邪眼能讓看到的人感到恐懼。
這就表示邪眼能對別人的精神產生作用。
雖然我從未試過，但既然可以讓人畏懼，理論上應該也有辦法使人恢復平靜。
看到我的邪眼後，老師的身體出現一陣激烈的痙攣。
可是，那陣激烈的痙攣很快就停了下來。
話雖如此，她的呼吸還是一樣紊亂，身體也依然會輕微痙攣。
「老師，別緊張。沒事的。」

我儘量避免刺激老師的情緒，用緩慢溫和的口氣對她說話。

我不斷說著安撫她的話。

在這段期間，我還緊緊握住老師的手。

於是，老師的呼吸逐漸恢復平靜了。

不過，雖然呼吸穩定下來了，但她依然淚流不止。

而且因為她哭得很激動，所以身體還會不時出現類似打嗝的痙攣。

她的臉上滿是眼淚與鼻水。

我用自己的衣袖替她擦掉那些東西。

可是，我才剛幫她擦掉，眼淚與鼻水就又流出來了。

老師哭了好一陣子。

妖精的肉體成長速度比較慢，讓老師看起來比其他轉生者還要年幼。

如果只看外表的話，就算她這樣放聲大哭，也不會有人覺得奇怪。

但是，對轉生者們來說，老師的這副模樣應該相當令人震撼才對。

因為老師跟其他轉生者不同，是唯一的成年人。

有別於外表的模樣，如果把前世與今生的歲數加起來，她是轉生者之中最年長的人。

而他們肯定無法想像，這位成年人完全拋開羞恥心痛哭的模樣吧。

我也無法想像。

「別緊張。沒事的。」

我把手放到老師嬌小的背上，溫柔地慢慢撫摸。

「老師沒有做錯。」

然後用和緩的語氣這樣告訴她。

「為了學生賭命戰鬥，絕對不是錯事。」

我知道聽到這句話的工藤同學尷尬地別過視線。

雖然我把目光放在老師身上，但我平常就會用透視能力把握周圍的狀況，就算沒有特別注意，也能知道別人的一舉一動。

從工藤同學至今表現出來的態度，我知道她在懷疑老師。

可是，工藤同學不知道老師到底有多麼拚命地想要拯救學生。

也不知道老師竟然認真到這種地步，才會在得知波狄瑪斯蒐集轉生者只是為了加以利用時不支倒地。

關於後面這件事，我也判斷錯誤了。

我沒想到老師會因此倒下。

我一直以為就算讓老師知道真相也不會有事。

「波狄瑪斯確實是個狠毒的傢伙。不過，老師是真心為了大家才努力奮鬥的。這絕對不是錯事。再說，大家不是這樣順利活著見面了嗎？」

我溫柔地安慰無法停止哭泣的老師。

雖然老師被波狄瑪斯利用是事實，實際上還是有許多轉生者因為老師而得救。

這個世界很殘酷，跟地球完全不一樣。

我不知道經歷過多少生死關頭，吸血子和鬼兄也是一樣。

我們也只是運氣好罷了。

就算早就死掉也不奇怪。

其他轉生者也是一樣，只要不是像山田同學那些少數人一樣，出生在特權階級的家庭，就得過著終日與死亡為伍的生活。

如果沒有老師的保護，說不定在場有一半的人都活不下來。

而且正是因為轉生者都聚集在這個妖精之里，我們才能毫無後顧之憂地擊敗波狄瑪斯。

既然最後有得到好的結果，老師當然不需要為此掛心。

「不是大家！」

老師大聲哭喊。

「我救不了他們！我……我救不了所有人！」

她的聲音讓我知道，所謂的慟哭就是這樣。

她邊哭邊說著，話語斷斷續續地，音量也絕對不算大。

然而，她的聲音聽起來卻是如此響亮。

除了還躺在床上的長谷部同學等人之外，還有一些缺席的轉生者。

櫻崎一成。

小暮直史。

林康太。

我們再也沒機會見到這幾位轉生者了。

老師似乎覺得自己必須為他們的死負責。

對於這件事，我無法表示意見。

但是，我覺得她根本不需要為此負責。

他們的人生只屬於他們自己。

他們的死也同樣是他們自己的責任。

我覺得老師不需要為他們的死負責。

雖然老師可能認為自己有機會拯救他們，但人類總是會有做不到的事情。

想要拯救所有人是一種傲慢的想法。

只要不是全知全能的神，就無法拯救所有人。

那種事連我都辦不到。

老師後來還是跟孩子一樣哭個不停。

「為什麼我救不了他們？我做這些事到底是為了什麼？」

——還像在說夢話一樣喃喃自語。

不知道過了多久，老師終於不再哭泣。

但她的眼神有些空洞，感覺毫無生氣。

「若葉同學。」

原本一直默默觀察情況的櫛谷同學向我出聲。

「老師好像累了，我帶她去休息吧。她應該無法承受更多打擊了。我會負責照顧她，妳就繼續說下去吧。」

這是我求之不得的提議。

現在讓老師獨處不是好事。

雖然我想要親自照顧她，但不管這裡跑去照顧老師，很難說是最好的做法。

工藤同學等人對老師應該有些意見，我不能把老師交給懷抱複雜感情的他們。

就這點來說，櫛谷同學最近才來到妖精之里，應該可以保持理性地照顧老師。

她還是少數有戰鬥能力的轉生者，沒有比她更適合照顧老師的人了。

吸血子就不用說了，鬼兄好歹是個男生，應該不適合照顧她。

「可以麻煩妳嗎？」

「交給我吧。」

櫛谷同學用公主抱的方式抱起老師。

她給了田川同學一個眼神後，就走上樓梯了。

櫛谷同學很可靠，把老師交給她應該沒問題。

萬一老師試圖自殺，她也會出手阻止才對。

老師跟櫛谷同學離開後，現場瀰漫著尷尬的氛圍。

看到老師剛才的反應，應該所有人都能理解她是多麼認真地在保護轉生者。

以工藤同學為首，那些受到保護的轉生者都在指責老師。

見到老師剛才的模樣，他們可能會感到歉疚吧。

櫛谷同學帶走老師後，誰也沒有開口說話。

因為大家都不知道該做何反應，才會保持沉默。

不過，大家的反應分成好幾種。

一種是眼神到處亂飄。

這種就是真的無所適從，給人走一步算一步的感覺。

一種是看著工藤同學。

他們的眼神也分成好幾種，有些像是在責備工藤同學，有些則像是在期待這位班長接下來的作為。

不用說也知道，這兩者之間的落差非常大。

最後是多數人的反應，那就是盯著我看——

我想也是。

在這種狀況下，如果要繼續說下去，那當然是我的任務。

雖然我真的很想把這個任務推給別人就是了！

唉……嗯……

總之，我先回到原本的座位。

不知道是因為做了不習慣做的事情，還是因為一直都在說話，讓我覺得非常疲倦。

我可以走到終點了嗎？

不行嗎？

……好吧。

「……妳真溫柔。」

意想不到的人物打破了這種尷尬的沉默。

不，好像也不是意想不到吧？

「既然這樣，妳又為什麼要……算了，當我沒說……」

打破沉默的山田同學露出交織著複雜情感、難以用言語形容的表情後，又重新陷入沉默。

我無法從他充滿各種情感的表情中，看出他想要說的話。

而且山田同學看起來也還沒整理好自己的心情。

他在被我推開後就以同樣姿勢定住不動，現在則無力地坐回自己的座位。

因為坐下的聲音聽起來很沉重，感覺像是真的因全身無力，而任由自己跌坐到椅子上。

大島同學似乎有些擔心，於是溫柔地拍了拍他的肩膀。

對於這個舉動，山田同學像是在叫大島同學別擔心一樣，同樣溫柔地拍了拍她的手。

拜託別曬恩愛好嗎？

「班長，妳也坐下來吧。」

鬼兄對依然站著的工藤同學這麼說。

工藤同學在一瞬間露出迷惘的表情，但很快就聽從這個提議坐下。

「我知道各位也有想表達的意見。因為我們住在這個妖精之里外面，只能透過傳聞得知這裡的生活，很難說能體會各位的心情。可是從老師剛才的態度，應該不難看出她也不願意把各位關在這裡。她做這些事不是出自惡意，而是出自善意。我希望各位都能明白，她做那些事也是十分拚命的。」

鬼兄用溫和的語氣這麼說。

有些人聽得很認真，也有些人似乎覺得很反感——各種反應都有呢。

「……如果是這樣的話，她可以實話實說啊？」

工藤同學低下頭，小聲地這麼說。

她跟老師在前世時感情很好。

可能就是因為這樣，她對老師的恨意也更強烈吧。

她可能覺得自己遭到背叛了。

老師沒有把事情說明清楚，也是導致那些負面情感變強烈的原因。

「她沒辦法說出來唷。」

——所以，我決定幫老師解釋一下。

「沒辦法說？」

「老師擁有的技能比較特別，具有負面的制約。我只能說這麼多了。」

聽到我這麼說，以工藤同學為首的幾個人都露出恍然大悟的表情。

老師擁有的技能是「學生名冊」。

那似乎是可以得知學生情報的技能。

不過，她沒辦法把其中的情報告訴學生本人。

因為那麼做會受到懲罰。

我不知道懲罰的具體內容是什麼。

也不知道嚴重的程度。

說不定根本沒有那種懲罰。

製作出這個技能的D，不管什麼事情都幹得出來。

老實說，我光是提起老師擁有的這個技能，說不定就快要踩到紅線了。

如果我說出關於老師技能的祕密，結果導致懲罰發動，那可就糟透了。

所以，我只說出最低限度的情報。

幸好工藤同學似乎有聽懂我的意思，這樣我應該算是有幫老師洗刷汙名了吧。

……代價是工藤同學看起來更沮喪了。

這也是沒辦法的事。

之後只能讓當事人自己去修補這道鴻溝了。

我這個外人沒資格出面。

「……是嗎？原來是這樣啊……可是，很抱歉。我應該沒辦法立刻向老師道歉吧。就算心裡明白，但在這裡白白浪費掉的時間，讓我無法發自內心向她道歉。」

工藤同學低著頭，無力地如此說道。

她的心情應該也很複雜吧。

即便明白老師沒有做錯，他們被軟禁在妖精之里的時間還是太長了。

畢竟他們才剛出生沒多久就一直被關在這裡。

這段時間跟他們的前世差不多長，但若考量前世開始懂事的年齡，那麼他們在這個妖精之里度過的時間還要更長。

「就是說啊。」

「難得來到這種奇幻世界，卻只能被豢養在這裡。」

「雖然說是保護，但其實根本就是軟禁。」

大家議論紛紛，出現不少贊同工藤同學的聲音。

「可是，至少食衣住都有得到保障，應該也沒那麼糟吧？」

「雖然跟『慢活』有點不一樣，但我並沒有感到不滿。」

「畢竟老師都那個樣子了。我實在沒辦法怪罪她。」

另一方面，也能聽到袒護老師的聲音。

比例大概是各占一半吧。

只是，從他們的對話中聽得出來雙方都能理解對方的想法。

他們對這裡的生活都多少有些不滿。

不過他們也沒辦法完全怪罪老師。

感覺就是這樣吧。

真要說的話，男生們似乎較為不滿。

這果然是因為男生都對冒險這種事懷有憧憬吧？

畢竟他們都用羨慕的眼神看著在外面當過冒險者的田川同學。

不，可能是因為有田川同學這個成功的案例，他們才會這樣想吧。

就是那種「如果有機會在外面生活，我也辦得到」的感覺。

事情真的有那麼容易嗎……？

「我醜話說在前面，在外面生活其實沒那麼好喔。」

啊，田川同學說話了。

「由你來說這句話，一點說服力都沒有吧。」

其中一位男生如此吐槽。

確實如此。

獲得成功的田川同學這麼說，聽起來也只像是在炫耀。

「那我問你。你們曾經一整天都在痛苦呻吟嗎？就算沒那麼慘，那有過骨折或是大型撕裂傷之類的經驗嗎？」

聽到田川同學這句話，轉生者們——主要是男生——面面相覷。

「我曾經有一次，因為工作上的意外而骨折。」

「那你就想像一下吧。如果每天發生那種事，是什麼樣的感覺。」

聽到其中一位男生如此回答，田川同學若無其事地說出這句話。

「咦？」

「當一個冒險者，那種程度的小傷可說是家常便飯。就算用治療魔法治好了，也會立刻受到同樣的傷。如果無法習慣總是不停受傷的生活，就絕對幹不下去。順便告訴你，如果沒有麻香在身邊，我恐怕早就精神受挫了吧。」

不知道他是認真地在說這些話，還是在故意放閃。

真教人難以判斷。

「我是因為有無論如何都想做的事情，才會去做冒險者這種危險的工作。可是，我為此一再地後悔。我有好幾次差點喪命的經驗，如果沒有麻香在身邊，都不知道自己到底死了多少回。如果你們光靠著憧憬就想當冒險者，我勸你們還是放棄吧。」

田川同學環視在場的男生，同時如此說道。

嗯……

我真的搞不懂他到底是認真地在說這些話，還是在故意放閃？

「我剛才說的都是冒險者這種特殊職業的事情，但外面還有其他危險。因為冒險者這個職業，我在各種地方見過許多不一樣的悲劇。有些人被魔物殺掉，也有些人被盜賊殺掉。不光是因此死亡的人們，我還看過因為失去父母而變得無依無靠的孩子，以及因為經濟因素而遭到遺棄的孩子。班長，妳家裡也很窮吧？要是沒來到這裡，妳覺得自己現在會過什麼樣的生活？」

田川同學對工藤同學說出殘酷的事實。

工藤同學無法反駁，只能低著頭。

畢竟工藤同學就是被親生父母賣掉的。

她只是剛好被賣給妖精，但也很有可能被賣到其他地方。

在後者的情況下，她應該還不至於在嬰兒時期被賣掉，而是會等她稍微長大一點之後才進行買賣，但會被賣到什麼地方就得看運氣了。

如果她身為轉生者的能力被人看上，因而賣給有錢商人的話倒是還好。

不過，由於她身為轉生者的美貌，被賣到風月場所的可能性也不小。

鬼兄拍了拍手，讓轉生者們安靜下來。

「結論就是，我覺得爭論誰過得比較好並沒有意義。因為過去無法改變，我們現在依然活著的這點也無法改變。此外，那些已經死去的人，無法出現在這裡的事也一樣。我們還能活著爭論誰過得比較好，就已經是一種奢侈行為了。」

光是還活著就已經算是一種奢侈。

聽到這些話後，轉生者們全都靜了下來。

「殺了那麼多妖精的你，有資格說這種話嗎？」

除了一個人之外。

山田同學的這句話，揭露了鬼兄虐殺妖精的事實。

不過，因為從先前的對話就能推測出魔族軍戰勝妖精的事實，以工藤同學為首的轉生者們應該都隱約猜到妖精的下場了吧。

只是心裡明白跟實際體認是兩回事。

就算心裡明白妖精遭到虐殺，也很難實際體認這個事實，更別說自己過去的同學不但有參與這件事，甚至還是親自下手的人。

證據就是，冰冷的沉默籠罩著現場。

唯一的例外，就是被田川同學綁起來的草間同學與荻原同學。

再來就是事前就知道這件事，而且還親眼目睹的漆原同學與大島同學，以及說出這件事的山田同學。

就連工藤同學都驚訝得說不出話，其他人也似乎無法消化山田同學這番話，有好幾個人都露出呆愣的表情。

即便是可以理解這些話的傢伙，也似乎還在懷疑這件事的真實性，偷偷觀察著別人的反應。

對住在這個妖精之里的轉生者們來說，死亡應該是離他們非常遙遠的事情吧。

所以，就算聽說認識的人死掉了，他們也覺得毫無真實感。

更別說殺死那些人的傢伙，還是自己過去的同學。

以前還在日本的時候，很少有人會死於自然死亡之外的原因，也許他們還保留著前世的認知吧。

在不管對方是不是熟人，隨時隨地都會有人死掉的這個世界，人們對於死亡的認知實在是差太多了。

就這點來說，在妖精之里外面長大的田川同學與草間同學，就非常清楚這個世界的生死觀。

所以他們毫不慌張。

但若是如此，同樣在外面長大的山田同學，又為什麼會這麼憤慨呢？

如果他有聽到我們前面說的話，應該就能明白妖精是群死不足惜的傢伙才對。

「俊，我先跟你講清楚，那些妖精做了就算被殺也怨不得人的事情。所以，就算我殺掉他們也不成問題。」

「當然有問題！」

相較於鬼兄心平氣和地勸說，山田同學的反應激動多了。

他反應激烈的程度，甚至讓我有點被嚇到了。

「傻，你沒聽到我說的話嗎？」

「我都聽到了。那些妖精的所作所為或許真的無可饒恕。」

哎呀？

原來山田同學也明白那些妖精是壞人。

因為山田同學是站在妖精那邊參戰的，我還以為他是因為這樣下不了台，才會幫那些妖精說話，看來是我錯了。

「可是，就算是這樣，只殺了他們就當作事情結束了，也還是很奇怪吧。」

聽到山田同學這麼說，有幾位轉生者都表現出贊同的樣子。

……這也是沒辦法的事。

如果在妖精之里這樣的封閉環境中長大，就算還保留著日本的價值觀，也不是什麼怪事。

在日本，罪犯會基於法律得到嚴正的懲罰。

就只有犯下非常嚴重的罪過，才會被判處死刑。

即使如此，都有人認為應該廢除死刑。

跟這個世界比起來，人命的重量差太多了。

就算對方是個罪犯，這點也不會改變。

「那些妖精必須活著償還自己的罪過。他們有那個義務，不是殺死他們就算了。要是他們死了，一切不就都結束了嗎？」

嗯……他說的話確實很有道理，但還是太天真了。

因為世界上有非常多的壞人，完全不打算為自己贖罪。

只要好好講道理，就能讓任何壞人悔改——這種事只存在於美好的童話故事裡面。

如果不管我們多麼努力，都無法讓對方悔改的話，這樣做就只會陷入浪費時間的窘境罷了。

既然如此，不會留下後患，乾脆點殺掉對方的做法要來得聰明多了。

雖然這只是我的想法就是了。

「是啊。人死了就結束了，殺人是不對的。這是理所當然的道理，也是無法容許的事情。」

鬼兄也贊同山田同學這番話。

「既然你也這麼認為……」

「那我無法饒恕不論直接或間接，都奪走許多生命的妖精，不也是理所當然的事情嗎？」

鬼兄打斷了山田同學正準備說出口的話。

他的這些話威力十足，足以讓山田同學閉上嘴巴。

「傻，親人被別人殺掉的傢伙，絕對不可能原諒那個殺人凶手。不管對方做了多少事情贖罪，他心中的那股恨意都不會消失。雖然恨意可能會減少，但絕對不會消散。」

這句話充滿了真實感。

聽到這句話，就能明白鬼兄也有親人被殺的經驗。

「我覺得俊說的話非常偉大。可是，那些妖精無論如何都無法得到原諒。他們非死不可，所以我們才會痛下殺手。我這樣說，你可以接受了嗎？」

面對鬼兄沉重的話語，山田同學根本無法反駁。

「我……還是不能接受。」

——原本應該是這樣才對。

山田同學眼中卻依然閃爍著強而有力的光芒。

其中確實有著某種無法退讓的意志。

「就算妖精真的罪無可赦，那你要怎麼解釋帝國軍的事情？你們不是利用由古，把帝國軍當成誘餌，趁機攻打這裡嗎？那些被你們當成誘餌、用過就丟的帝國軍，你又該如何解釋？」

……被他說到我們的痛處了。

以山田同學的角度來看，帝國軍確實是群無辜受到牽連的可憐蟲。

也難怪他會難以接受。

事實上，轉生者們也開始靜不下來了。

不過，其實他們只有散發出這樣的氛圍，誰也沒有真的開口說話。

「那個……剛才那些話是真的嗎？」

打破沉默的人是工藤同學。

鬼兄和山田同學還在互瞪，誰也沒有動作。

工藤同學瞥了他們兩人一眼後重新看向我，再次說出內心的疑惑——

喂，為什麼要問我啊！

「如果剛才那些話是真的，你們不但利用了夏目同學，還殺了帝國軍的人是嗎？」

嗯，大致上是這樣沒錯。

「我不否認。」

「那我就當作妳承認了。」

聽到我的回答，工藤同學一臉嚴肅地這麼說。

畢竟事實就是如此～

雖然我們實際的行為，八成比工藤同學想像中的還要惡毒就是了。

這點還是別說出來了吧。

這樣肯定對我們雙方都好。

「我不否認利用了他們。不過，這可是戰爭，有人會死也很正常不是嗎？」

鬼兄突然放棄辯解。

「可是……！」

「如果帝國軍不死，死的就是魔族軍了。而帝國軍是魔族軍的敵人，我們只不過是利用敵人罷了。以戰略來說，我們的做法有錯嗎？」

簡單來說，我們的做法就是讓敵人去對付敵人，藉此消耗他們雙方的戰力，從中得到漁翁之利。

以戰爭的戰略來說，這是非常有效率的做法。

只是，這應該不是山田同學要爭論的重點吧。

「我不是這個意思！」

「俊，只要觀察過這個世界，應該就能明白吧？這個世界跟日本不一樣，生命毫無價值可言。直接把日本的價值觀搬來這裡，根本毫無意義不是嗎？」

鬼兄試著說服頑固的山田同學。

「毫無意義？你為什麼會這麼想？」

可是，他受到了意想不到的反擊。

「的確，在這個世界，生命輕如鴻毛。只要發生一點小事，就會有人立刻死去。所以尤利烏斯大哥才會……不，現在先不提這個了。可是，可是啊！就算如此，也不該輕易奪走別人的生命吧！」

山田同學發出怒吼。

那聲音充滿魄力，甚至足以顛覆我剛才覺得他天真的認知。

我一直認為他只是沒能擺脫日本那套價值觀，才會說出那種天真的話。

可是我錯了。

山田同學的叫聲讓我明白，他是完全理解這些事情，卻又打算貫徹那種天真的想法。

「你說這個世界跟日本不一樣？沒錯，你說得對。這裡跟日本完全不一樣。但我們就非得捨棄日本的價值觀不可嗎？我這樣錯了嗎？」

聽到山田同學這句話，坐在他斜後方的大島同學身體抖了一下。

大島同學會有這種反應，是因為她同樣生活在這個世界，卻捨棄了過去在日本的價值觀。

「京也，我要反過來問你。你說這是沒辦法的事，意思不就是因為這個世界就是這種地方，我們才別無選擇，只好選擇妥協不是嗎？」

S2 生命的價值

我應該一輩子都忘不了當初殺死第一隻魔物，也就是那隻地竜時的事吧。

這裡不但有技能與能力值，而且殺死魔物就能提昇等級。

轉生到這種遊戲般的世界，讓我一直有種好像在玩遊戲的感覺。

我是在差點被夏目——也就是由古殺掉的時候，才知道自己錯了。

還有就是親手奪走魔物生命的時候——

正確來說，是在奪走那條生命之後。

差點死在由古手上，成了大幅改變我人生觀的契機。

坦白說，在那之前我一直活得很不踏實。

我身為第四王子，地位不高不低。

雖然生活中沒有不便的地方，卻是個被冷落的王子，所以也不能完全隨心所欲地過活。

就跟地位一樣，我擁有的自由也很半吊子。

可是，我對此並沒有感到不滿。

我不需要扮演一個完美無缺的王族，反而可以照著自己的步調成長。

我鍛鍊自己、磨練技能、聽著尤利烏斯大哥的英雄事蹟，期待著自己總有一天也能發光發熱。

我身處的立場，允許我擁有這種幼稚的願望。

而這個天真的夢想，在我差點被由古殺掉時出現裂痕，又在後來親手殺掉地竜時澈底粉碎。

差點被人殺掉的經驗——

以及親手殺死魔物的經驗——

這兩者都是我在日本時不曾經歷過的事情。

我一直認為今世是前世的延伸，把這當成是一場遊戲。

就像是死後的獎勵關卡一樣。

可是，由古對我懷有的殺意非常真實，擊倒地竜時的觸感也異常鮮明。

在跟由古戰鬥的途中因為被震懾住了，我的腦袋裡一團混亂，沒有多餘的心思能感到恐懼，但我在得救後一直渾身發抖。

而在跟地竜戰鬥時，我的心境卻完全相反，整個人渾然忘我，沒有多餘的心思能思考奪走生命的對錯，但當看到牠的屍體時，我忍不住吐了。

一方面也是因為我得知那隻地竜是菲的父母。

說不定那隻地竜一直在尋找自己的孩子——菲。

想到這件事背後的原委，就讓我再也無法把這個世界當成遊戲。

後來，我就變得不敢跟魔物戰鬥了。

但差點被由古殺掉的經驗，幫助我克服了那樣的恐懼。

如果我不能變強，就連自己都保護不了。

有過差點死在由古手上，以及跟地竜戰鬥的經驗，讓我體會到自己無法跟尤利烏斯大哥一樣，成為保護所有人族的高尚勇者。

我發現想要跟尤利烏斯大哥比肩而行，是遠比我想像中還要困難的理想。

我無法肩負起守護人族命運的沉重使命。

即便如此，我還是想要得到足以保護親人的力量。

所以，我選擇再次與魔物對峙。

曾經有過一堂跟魔物戰鬥的實習課，讓我有機會面對魔物。

在學校的實習課中，因為學生都還不成熟，所以當時讓我們對付的魔物相當弱小。

如果是成年人的話，就算是平常沒在戰鬥的人類，也有能力擊退那種可說是小動物的魔物。

儘管如此，魔物依然是魔物。

魔物是會積極襲擊人類的害獸，就算是弱小的魔物，只要不殺掉牠，就會造成損害。

不管有多麼弱小，只要是魔物，就不可能毫無危險性。

雖說成年人有辦法擊退魔物，但反過來說，換成孩子可能就會有風險。

而且就算是成年人，也不見得可以全身而退，搞不好還會有生命危險。
事實上，就算是那種弱小的魔物，每年還是會造成不少的傷亡。
這種實習課能讓學生得到跟魔物戰鬥的經驗，同時也能減少魔物的數量。
所以，在殺死魔物的時候，千萬不能有所猶豫。
可是……
那些魔物是認真地想要殺了我。
這讓我感受到牠們求生的意志。
那不是遊戲的程式，而是經過思考後採取行動的意志。
我太小看跟魔物戰鬥——更進一步地說，就是跟生物戰鬥這件事了。
這不是指敵我雙方的戰力差距。
論戰力差距的話，我的能力值高過同年紀的人，可以輕易戰勝弱小的魔物。
我不是那個意思。
那種感覺很難用言語形容。
不過，跟魔物對峙的時候，我發現戰鬥比我想像中的還要真實與可怕。而我早在跟地竜戰鬥時就體會到這點了。
沒錯，我覺得很可怕。
逐漸進逼的魔物想要殺了我，而我也不得不殺死對方。

每當我揮劍砍向魔物時，腦海中都會浮現出那頭力竭而亡的地竜。

到頭來，我還是沒辦法在第一場戰鬥中殺死魔物，只能不斷閃躲魔物的攻擊。

跟我同班的帕爾頓看不下去，給了魔物致命一擊。

而且毫不拖泥帶水。

「為什麼……？」

我如此質問帕爾頓。

連我自己都不是很清楚這個問題是什麼意思。

我只是小聲說出自己腦海中浮現的話語。

「啊，抱歉。我看您好像遇到麻煩，就忍不住動手了。」

對於我的問題，帕爾頓回答是為了搶走我獵物一事道歉。

「是我太多事了。其實仔細想想就知道，修雷因大人不可能對付不了那種程度的魔物。我明白了！您是在觀察魔物的動作對吧！就算是弱小的魔物，也不能掉以輕心，必須仔細觀察對方的行動。我學到一課了。」

不對……

我不是這個意思。

那不是我想問的問題，也不是我無法擊殺魔物的理由。

但是，其實我都知道。

我心裡非常清楚。

這就是這個世界與日本的差別。

在這個世界裡，生命輕如鴻毛。

實在是毫無價值可言。

殺死魔物是理所當然的事情。

因為魔族是敵人，殺死他們也是理所當然的事情。

就算同樣都是人族，也會隨便就互相殘殺。

而對於自己奪走的生命，這個世界的人類可說是毫不在意。

他們不斷殺生，彷彿那是稀鬆平常的事情。

就連帕爾頓都對殺死魔物這件事毫無感覺。

我也不是什麼聖人君子。

以前還在日本的時候，我會吃肉，也曾經殺死過蟲子。

我不會說無論是蟲子、動物還是人類的生命，都同樣有價值這種話。

我也明白魔物是會襲擊人類的害獸，如果不殺死牠們，我們就會反過來被牠們殺掉。

可是，要我像是殺死蟲子一樣殺死魔物，我實在做不到。

即便如此，我那天最後還是緊咬著牙，親手殺死了魔物。

因為我害怕背叛帕爾頓那種崇拜的眼神。

更重要的是，我想起了被由古襲擊而差點命喪黃泉時的事情。

必須變得至少有能力保護自己的想法，讓我為了提昇等級而奪走魔物的生命。

我為了達成自己的目的，奪走了一條性命。

我無法忘記這件事，也不能忘記這件事。

我不能忘記那種用劍劃破皮膚、切肉斷骨的觸感。

不能忘記飛濺的鮮血的腥臭味。

不能忘記牠們死前的慘叫聲。

我要把生命消逝的瞬間烙印在眼裡。

有別於遊戲ＣＧ畫面，真實的死亡就發生在我眼前。

就算是在日本，人們也會驅逐害獸。

更進一步來說，擺在菜市場裡的肉，原本也是活生生的豬與牛。

人類若要活下去，就非得奪走生命不可。

就算並非直接下手，我們人類光是活著就會奪走無數的生命。

可是，我不知道直接奪走生命是如此沉重的事情。

這讓我想到一件事。

如果殺死魔物就這麼沉重了，那殺人到底是多麼沉重的事情？

好可怕。

光是用想的，我就感到畏懼。

為什麼由古能做出那種事情？

如果他也有過跟我一樣的感受，就不可能認為這裡是夢想中的世界。

這裡是個跟遊戲一樣的世界，但不是一場遊戲。

就算生命在這裡不受重視，也應該跟地球上的生命同樣寶貴才對。

人們只是不明白這個道理罷了。

我完全可以理解——

在這個戰亂不絕的世界，如果把生命看得太重，就沒辦法生存下去。

他們也是為了保障自己的生活，才會殺死魔物與魔族。

我無法要求他們停手。

我也為了自己殺死過魔物。

我將會一輩子背負著這個十字架。

我也能體會那種為了稍微減輕自己的罪惡感，而想要貶低生命價值的想法。

雖說是逼不得已，但我沒辦法連自己的想法都改變。

因為我認識一位就算明知無法達成，也依然至死都在追求理想的勇者。

「就算這只是夢想也好；就算要嘲笑我，說這是不可能實現的戲言也行。不過，追求理想這件事本身應該不是錯誤才對。我要建立一個所有人都能笑著過活的和平世界……我會一直追求這個理想，至死方休。」

尤利烏斯大哥這麼告訴我，並且一直奮戰不懈。

為了追求和平而戰，是一件自相矛盾的事情。

他為此感到痛苦，卻不讓我看到他的苦惱，一直努力奮戰。

我想要繼承尤利烏斯大哥的理想。

我害怕戰鬥。

害怕奪走生命。

也害怕被人殺死。

我無法成為尤利烏斯大哥那種心懷覺悟、奮戰不懈的出色勇者。

就連心中的志向，也是繼承自尤利烏斯大哥，只是模仿來的東西。

我只是個不上不下、一無所有的廢柴勇者。

可是，我覺得正因為自己是這樣的人，才有些只有我能做到的事情。

而明白生命的重量這點，大概就是我的第一步。

在和平的日本培養出來的倫理觀念，或許能稍微派上用場。

就算我無法消除紛爭，也或許有辦法讓紛爭稍微變少。

雖然我是個沒出息的不合格勇者，但我想找尋自己力所能及的事情。

我想努力做好自己力所能及的事情。

沒錯，直到被夏目趕出王國之前，我都是這麼想的，後來我也一直努力做好眼前的事情。

彷彿在嘲笑我的想法與尤利烏斯大哥的意志一般，我被告知了這個世界的真相，因而一時無法克制自己的情感。

看到京也的表情，我立刻明白自己失言了。

因為京也露出像是在忍耐般的痛苦表情。

看到京也露出那種表情，讓我明白他也不願意殺死那些妖精，於是心裡鬆了口氣。

可是，湧上心頭的情感並沒有因此平息，但我也無法繼續出言指責京也，只能默默注視著他的臉。

「……抱歉。我有些衝動，說得太過火了。」

不知道過了多久，我總算稍微冷靜下來，向京也道歉。

因為我總覺得現在責備京也毫無道理。

「不，你不必道歉。你是對的。」

京也無力地搖了搖頭。

「俊，我很羨慕你。因為你還能貫徹正義。」

看到那種毫無霸氣的軟弱表情，我實在很難相信他是可以無情殺死妖精的人。

那表情讓我明白他也經歷過許多事情。

京也只在一瞬間展現出他的軟弱，但當他暫時閉上眼睛又再次睜開時，已經變回炯炯有神的眼神了。

「你是對的。不過，我不打算改變自己前進的方向，也不會為自己做過的事情後悔。」

胸懷無可退讓之信念的男人就在眼前。

那是與我勢同水火的信念——

3　沒實力的傢伙就給我躺平屈服吧

「抱歉，打擾你們談正經事。」

打破現場緊張氣氛的人，是完全被我遺忘的草間同學。

他跟荻原同學被人面對面綁在一起，模樣難以形容地滑稽，卻用異常嚴肅的表情這麼說道。

「我快要尿出來了，可以去上個廁所嗎？」

跟他綁在一起的荻原同學的表情變化非常有趣。

從「拜託別白目」的傻眼表情，變成「騙人的吧！」的震驚表情。

嗯。

畢竟他們被綁在一起嘛。

要是草間同學尿了出來，被緊緊綁在一起的荻原同學就要倒大楣了。

也難怪他會露出那種表情。

「這樣也好不是嗎？反正有人也需要稍微冷靜一下。那就暫時休息吧。」

我還沒來得及說話，吸血子就宣布休息了。

而且話才剛說出口，她就搶先站起來伸懶腰，直接往外面走去。

那傢伙從剛才就毫不掩飾覺得無聊的表情，看來她是真的覺得很無聊……

「那我也要去上廁所！」

草間同學在喊叫的同時就不見蹤影了。

彷彿他根本沒被綁住一樣，一瞬間就消失無蹤。

喔喔～

他總算有點忍者的樣子了。

看來只要他有那個意思，隨時都能掙脫逃走。

他應該是顧慮到現場的氣氛，才沒有那麼做，還特地等到別人准許吧？

在那個時間點說要去上廁所，說不定是為了幫大家轉換心情呢？

……不，應該不是吧。

就只有草間同學不可能這麼機靈～

他應該只是剛好想要上廁所吧～

有些人就是不知為何會在重要時刻想上廁所。

例如考試的時候。

看到吸血子和草間同學颯爽離場，其他轉生者似乎稍微猶豫了一下，不知道該如何是好。

可是，因為鬼兄默默閉上眼睛，山田同學也跟著像是要吐出各種情感般大大嘆了口氣，讓大家都動了起來。

大家很快就各自採取行動。

有些人開始跟身邊的人交談，有些人則選擇上樓。

對了！

說到樓上，老師不是還在上頭休養嗎！

我還是去看看情況吧。

你說身為司儀的我不能離開？

反正場面已經變得一團亂了，就算我不在現場，應該也能繼續進行吧。

反過來說，不管我是否待在現場，也不會有任何改變。

我從椅子上站了起來，往樓梯走去。

總覺得留在現場的所有人好像都在盯著我看，我就當作自己想太多了吧。

尤其是工藤同學與漆原同學的眼神特別螫人，我還是假裝沒發現吧！

「如果妳要去探望老師，我可以跟妳一起去嗎？」

我明明正靠著鋼鐵般的精神力，努力對抗這種如坐針氈的心情，卻有個白目勇者跑來跟我說話。

嗯……畢竟山田同學是真正的勇者呢。

不過，這種事情應該不需要我的許可。而且他明明還在問我的意見，卻已經站了起來，一副跟定了的樣子。

我對各種事情都已經感到厭煩，便默默點頭表示同意，就這樣不管山田同學，自顧自地邁出腳步。

山田同學默默地跟在我後面。

在他身後還跟著有些無所適從的大島同學。

而在大島同學身後，漆原同學也默默地跟了過來。

我記得漆原同學是個多話的人，但她目前為止一句話也沒說過。

相反地，她看著我的眼神充滿殺氣。

這跟她平常那種聒噪的印象有段落差，讓我覺得有些可怕。

包含我在內，大家都一言不發地爬著樓梯，來到老師休息的房間。

我基於禮貌敲了敲門，在門前等待答覆。

但我還沒等到答覆，門就從裡面打開了。

開門的人是負責照顧老師的櫛谷同學。

「請進。老師還在睡，請保持安靜。」

真不愧是當過冒險者的人，她似乎有察覺到我們接近的動靜。

從剛才談話的時候我就一直在想，或許因為櫛谷同學和田川同學同時經歷過外面世界與妖精之里的生活，所以比較好溝通。

因為他們有過以冒險者身分自食其力的經驗，所以判斷能力不同於其他轉生者。

她剛才也率先自告奮勇，接下照顧老師的任務。

雖然同樣在外面生活過，卻跟山田同學這些溫室裡的花朵截然不同。

被櫛谷同學請進房間裡後，我看到躺在床上的老師。

剛才櫛谷同學把她帶走時，她人還是清醒的，看來她是因為精神疲勞之類的因素睡著了。

除了讓老師休息的床之外，這個房間裡還有另一張床，而長谷部同學就躺在上面。

負責監視長谷部同學的菲米娜，就默默坐在那張床旁邊。

……總覺得菲米娜的眼神有點冰冷。

這肯定是我的幻覺！

我今天感受到許多人的視線，但那些全都是我的幻覺！

我必須假裝是這樣才行！

可以吧！

「老師的情況如何？」

山田同學詢問櫛谷同學。

「很難說。畢竟這是精神的問題，不是身體的問題。雖然她現在累到睡著了，但我也不知道她醒來時會是怎樣。」

說完，櫛谷同學聳聳肩膀。

雖然她的冷靜分析聽起來有點薄情，但她應該也是用自己的方式在關心老師吧。

「你們那邊呢？」

櫛谷同學不是看向山田同學，而是看著我這麼問。

因為我們太快就過來露面，不像是會談已經結束的感覺，她才會詢問樓下的狀況。

「暫時休息。我好像害得大家離題了。」

山田同學一邊苦笑一邊回答。

原來他有自知自明啊……

「嗯，這也是沒辦法的事。畢竟想問的事情太多了，反倒讓人不曉得該從何問起。」

櫛谷同學嘆了口氣，同時偷偷瞄了我一眼。

她似乎也很在意我們今後的動向。

即便是累積了許多經驗的前冒險者，也還是會對未來感到不安嗎？

「若葉同學，我只有一個問題——妳今後打算怎麼處置我們？」

櫛谷同學下定決心，向我如此問道。

嗯……

我知道她是鼓足勇氣才敢這麼問，但我的回答應該會讓人很沒勁吧～

「沒什麼打算。」

「咦？」

櫛谷同學似乎無法理解我的回答，發出了奇怪的聲音。

「沒什麼打算……？」

她一副隨時都會抱頭苦惱的樣子，但這也不能怪我。

畢竟事實就是如此嘛～

我們攻打妖精之里的最大理由，就是要殺死波狄瑪斯。

再來就是解放遭到利用的老師，最後才是救出被軟禁的轉生者。

老實說，救出轉生者這件事，只不過是殺死波狄瑪斯後順手而為的舉動。

所以，其實我不曾想過救出他們後的問題。

只要能重回自由，我覺得不管他們之後要怎麼做都無所謂。

話雖如此，突然就還他們自由，卻直接放著他們不管，好像也不太對，所以我打算給他們最低限度的支援。

如果把前世也算進去，他們都是有歲數的大人了，我相信只要有個基礎，應該都有辦法自食其力才對。

雖然他們一直生活在這種封閉的環境，精神年齡好像沒什麼成長就是了。

儘管我只要如此說明就行，但這樣真是太麻煩了。

因為我這張嘴巴……！

這張嘴巴告訴我，叫我不要開口說話啊！

「我會在樓下說明清楚這些事。櫛谷同學，妳就之後再請田川同學告訴妳吧。」

畢竟現在解釋也只是多費唇舌。

我不想做那種麻煩的事情。

反正也確認過老師的狀況了，繼續在她睡覺的地方打擾也不好。

所以，我這是光明正大的告辭。

絕對不是臨陣脫逃。

我說不是就不是。

於是，我決定閃人。

我留下一臉愕然的櫛谷同學與山田同學等人，轉身離開房間。

總覺得漆原同學一直盯著我看，但我相信這只是幻覺！

回到樓下後，我發現這裡原本放鬆的氛圍又變得緊張起來了。

在我回來的瞬間，現場幾乎所有人都看了過來。

喔喔……

原來我的存在能讓大家感受到那麼強大的壓力嗎？

因為草間同學還沒回來，而且還有幾個人也還沒回來，所以休息時間應該還沒結束吧。

於是，我迅速逃離眾人的視線！

雖然荻原同學跪坐在地板上，但我決定當作沒看到。

我無視緊盯著自己的視線，就這樣走到通往屋外的門。

呼……

這種如坐針氈的感覺是怎麼回事？感覺糟透了～

我可以就這樣落跑嗎？

不行嗎？

這樣啊……

等到休息時間結束，說明會又得重新開始，但鬼兄這個優秀的助手卻變成那種死樣子。

我可能無法期待他的支援了。

這麼一來，就需要有其他人從旁協助我，但我只能想到一個人選。

而我心目中的人選——也就是吸血子——竟然背靠著召喚出來的黑狼，享受著日光浴。

喂，吸血鬼。

妳這麼做對嗎？

吸血鬼這樣真的可以嗎？

吸血子創造出的這幅光景，就好像在嘲諷全世界的吸血鬼一樣。

如果她不是吸血鬼的話，這其實是一幅暖心的光景，但她偏偏是個吸血鬼。

「幹嘛？」

妳這是什麼反應？

我要妳跟所有害怕陽光的吸血鬼道歉！

「天氣真好～～如果可以解決臭味的問題，應該可以在這裡舒服得睡上一覺吧。」

給我道歉！

跟全世界的吸血鬼道歉！

雖然天氣真的不錯就是了。

太陽照射出燦爛的光芒。

吸血子背後那隻黑狼整隻毛茸茸的，看起來是個很棒的靠枕。

如果有辦法清除從戰場遺跡飄過來的臭味，這種陽光確實能讓人睡個好覺。

在我們交談的同時，吸血子居然真的閉上眼睛準備就寢。

「好痛！」

我覺得有點不爽，就輕輕踢了吸血子的側腹一腳。

吸血子不滿地瞪了我一眼，但我這是不可抗力！

一切全都是吸血子的錯！

「幹嘛？我不能睡覺嗎？」

當然不能！

「沒差吧。反正那場聚會又不需要我。既然不需要我，那我缺席不也沒關係嗎？」

雖然這傢伙剛才確實跟空氣沒兩樣，但鬼兄現在幫不了我，這樣會讓我很傷腦筋。

我得想辦法把說明的工作推給這傢伙才行！

……這傢伙有辦法說明清楚嗎？

總覺得有點不安……

「我無聊到想要睡覺了。這也不能怪我吧？」

說完，吸血子打了個可愛的呵欠。

她那種慵懶的神情不知為何莫名性感。

真是的……

竟然變得這麼有女人味。

要不要我幫妳拿掉那對下流的胸部？

啊……不，當我沒說。

我的腦海中浮現出魔王露出邪惡笑容的模樣，雙手也擺出要抓住隆起物的姿勢，於是我趕緊把胸部的事情忘掉。

畢竟魔王對自己的身材有些自卑……

「更何況，主人有義務對那些傢伙做說明嗎？雖然那勇者說什麼他有權利知道，但他根本沒有那種權利不是嗎？我們可是出於好心才告訴他們這些事。既然我們沒有那種義務，就算放著他們不管也行吧。」

嗚哇……

那場說明會給吸血子帶來的壓力，似乎比我想像中的還要大。

不過，我也不是無法體會吸血子的心情。

吸血子已經跟前世徹底撇清關係了。

她覺得前世就是前世，今世就是今世，只把轉生者當成是過去稍微有點交情的熟人。

說不定連熟人都比不上。

所以，她才會認為我們沒必要對他們那麼好。

老實說，她的想法並沒有錯。

其實我們根本沒有對他們解釋這一切的義務。

不過，因為他們也算是受害者，讓他們在莫名其妙的狀況下被放生，我也覺得於心不忍，才會好心解釋給他們聽。

就跟吸血子說的一樣，山田同學口中的權利，其實只不過是我們權衡後的結果罷了。

「我反倒懷疑妳為什麼要那麼親切地解釋給他們聽，這讓我覺得很不可思議。妳明明就不是擅長說話的人。」

喂！妳最後那句話是什麼意思！

雖然那可能是事實，但世界上還是有些不能說出來的話！

「明明只是個無情又冷血的鬼畜。」

而且她還繼續說我的壞話。

吸血子，妳要不要跟我去後面談談？

看來我們還不夠了解彼此。

「唉……算了，就讓我來幫妳說明吧。」

正當我準備把吸血子帶回家裡「以拳交心」的時候，她說出這樣的提議。

這……怎麼可能……！

那個吸血子竟然學會看別人的臉色了！

「妳幹嘛露出那麼意外的表情？我在妳心目中到底是個什麼樣的人？」

廢柴吸血鬼。

也許是感受到我內心的想法，吸血子一臉不高興地站了起來。

被吸血子拿來當靠枕的黑狼，也融入她的影子裡消失不見。

「呼……反正把這件事交給妳去做，只會讓這場鬧劇沒完沒了。京也心中也有許多糾葛，沒辦法好好處理這件事。那種無聊的說明會就應該早點結束才對。」

說完，吸血子就英姿颯爽地回到轉生者們所在的樹屋了。

那是誰啊？

那個散發出女強人氛圍的傢伙是誰？

「妳還杵在那裡幹嘛？趕快來解決掉這件事吧。」

吸血子在門前停了下來，回過頭呼喚我。

我失魂落魄地跟了過去。

當我們回到樹屋裡時，草間同學和荻原同學又被綁在一起了。

他們還是一樣被面對面綁在一起，姿勢就像是互相擁抱。

我記得離開的時候，還只有荻原同學一個人跪在這裡，為什麼他跟草間同學又被綁在一起了？

……嗯。

先不管這個問題了。

畢竟走在前面的吸血子也對此視而不見。

她走到我們剛才坐的椅子前面。

可是，她沒有坐下，而是雙手抱胸站著不動。

她默默地暗示我坐下，我只好坐了下來。

「好啦。讓我們重新開始吧。有人還沒到嗎？如果有的話，就快點把那些人叫回來。」

吸血子拍了拍手，同時大聲說出這些話，讓房間裡的所有人都能聽見。

她明明就是在大聲喊叫，卻很不可思議地完全無損於她的氣質，真有一手。

奇怪？

這傢伙有這麼能幹嗎？

聽到吸血子的聲音，原本還在閒聊的轉生者們全都靜了下來。

在此同時，工藤同學也站了起來，沿著樓梯走到樓上。

山田同學等人還沒回來，她應該是去叫他們了。

看著她走到樓上後，吸血子再次雙手抱胸靜靜等待。

鬼兄驚訝地看著這一切。

嗯。

我完全可以體會他的心情。

因為吸血子從來不曾在這種場面主動站出來。

還有就是，當吸血子率先採取行動的時候，通常都是不好的事情將要發生的前兆。

鬼兄偷偷瞄了我幾眼，想要從我這裡知道答案。

可是，我無可奉告！

稍微等了一陣子後，工藤同學帶著山田同學等人回來了。

大家分別坐回原本的位子。

「那我們重新開始吧。」

因為司儀換成吸血子，讓現場籠罩著不同於剛才的緊張氣氛。

剛才的緊張感充滿著對未來的不安，以及對陌生人的恐懼；而現在的則純粹是來自吸血子散發出來的魄力。

……奇怪？

怎麼感覺他們面對我的時候還比較緊張？

真想不通。

「我醜話先說在前面，麻煩你們搞清楚，我們是救了你們的人，而且還握著你們的生殺大權。」

噗……！

她突然就說出爆炸性的發言了。

「請等一下……！」

「吵死了，給我閉嘴。」

山田同學起身抗議，但吸血子讓他閉上嘴巴。

用物理上的手段。

「嗚啊！」

我猜現場只有我和鬼兄能理解到底發生了什麼事情。

就算是大島同學和田川同學這些頗有戰鬥能力的轉生者，應該也看不清楚吸血子的動作。

說到吸血子做的事情，其實就只是靠近山田同學，然後一腳把他踢翻而已。

只是她的速度和掃腿的力道都非比尋常罷了。

山田同學在撞倒椅子的同時倒下。

她似乎有手下留情，山田同學的腿沒被踢斷。

要是她沒有手下留情，別說是斷腿了，山田同學的下半身說不定會直接消失。

「我們是出於好心，或者該說是看在過去情分上，才告訴你們這些事情的。懂嗎？不、是、欠、你、們、的。」

山田同學倒在地上痛苦呻吟，吸血子像是在教育小孩一樣對他這麼說。

「說實話，我們只是在擊敗妖精後，順便幫了你們一把。我們完全可以不做任何說明，直接丟下你們不管。可是，我們還是看在前世的情分，好心地解釋這些事情給你們聽。我們人夠好了吧？」

我覺得好人不會突然踢倒別人。

而且也不會用「握著你們的生殺大權」這種話威脅別人。

「喂……」

「京也，你也給我閉嘴。話題被扯遠都是你害的，可以請你別讓場面變得更混亂嗎？」

鬼兄想要勸說，卻被吸血子要求閉嘴。

這可不是正在把場面變混亂的人該說的話！

「你說你有權利知道？想也知道你沒那個權利吧？你們現在的處境就跟俘虜差不多，而且還是失去國家的難民。不管是要殺還是要剮，全都看我們的心情而定。懂嗎？」

吸血子微微一笑，但轉生者們的臉色突然變得很難看。

現場剛才明明還瀰漫著類似開班會的氛圍，現在卻因為要殺要剮這些嚇人的詞彙，讓他們發現自己的處境比想像中還要糟糕。

嗯。

但吸血子讓他們明白這點的手法也太粗暴了吧！

她到底打算怎麼處理這凍結的空氣！

「妳這種說法……」

「我不是叫你閉嘴了嗎？」

山田同學又想要說些什麼，但吸血子毫不留情地一腳踹在他臉上。

「別這樣！」

「就說吵死了。」

大島同學想要出面制止，卻被吸血子一巴掌打倒在地上。

怎麼可以對女生的臉做出這種事！

至於大島同學能不能算是女生……算了，不管那麼多了。

「有意見的人就給我出去。因為我們沒義務跟你們說這麼多。你們不想聽的話，就算不聽也無所謂。如果想聽就給我閉嘴。聽你們講話只是在浪費時間。」

寂靜籠罩著屋內。

除了山田同學安靜地靠向大島同學，在她挨打的地方施展治療魔法之外，誰也不敢有所動作。

他們似乎連呼吸都不敢太大聲。

「很好。那你們就安靜聽著吧。我不允許有人中途發問。先聽我把話說完，最後我才會讓你們問問題。在我說完之前，全都給我閉上嘴巴。懂嗎？」

誰也不敢對吸血子提出異議。

這完全就是恐怖統治的做法吧～！

雖然這可能是能讓人乖乖聽話的有效手段，但這樣留下的印象也會很糟糕吧？太棒了～

這下子該如何是好？

跟我無～關喔。

「剛才說到哪裡了？讓我想想……」

吸血子用手指抵著下巴，開始低頭沉思。

嗯。

這傢伙剛才完全沒在聽我們說話吧！

她肯定是當成在聽校長演講，全都左耳進右耳出了吧。

「好吧。」

一點都不好！

「關於世界的現況，我們就跳過不提了吧。坦白說，就算告訴你們這個世界快要毀滅了，也只會讓你們覺得困擾不是嗎？反正就算你們知道了，也無法改變任何事情。聽了也只是浪費時間。如果有人想要知道詳細情況，之後再自己來問吧。」

喂，妳說得也太白了吧。

雖然確實是這樣沒錯。

畢竟絕大多數的轉生者，都是毫無戰力的普通人。

就算叫這些普通人阻止世界毀滅，他們也無能為力。

沒辦法像某部電影那樣，讓普通人飛到宇宙，在即將墜落的巨大隕石上鑽洞。

「總之，這個星球在你們活著的期間還不會崩壞。既然如此，你們擔心這個也沒用。比起那種死後的事情，你們應該更在意接下來的事情吧？」

吸血子環視轉生者們。

因為她剛才毫不留情地揍倒山田同學與大島同學，所以沒人敢回答吸血子的問題。

可是，有好幾位轉生者都表現出贊同吸血子的態度。

他們不是默默點頭，就是認真注視著吸血子。

「我剛才也說過，這個妖精之里被我們打下來了。所以，你們最好把自己當成俘虜。不過，因為你們不是敵軍，所以我們也不會動粗。但前提是你們得乖乖聽話。」

我很確定有好幾位轉生者都倒抽了一口氣。

這也難怪？

因為她口口聲聲說不會動粗，剛才卻把山田同學和大島同學打倒在地上。

才剛動手打人就說出這種話，根本不會有人相信。

轉生者們要是覺得只要不聽話就會挨打，也是很正常的事情。

話說，這該不會就是她的目的吧？

嗯……

我不曉得吸血子有沒有想得這麼遠。

總覺得她根本沒想太多，只是誠實地說出自己的想法。

畢竟她可是吸血子。

「關於你們今後的待遇，我們打算儘量滿足你們的願望。如果有人想要尋求庇護，我們就會負責照顧；如果有人想要離開，那也隨你們高興；如果有人想要留在這裡，也不是不可以。不過，由於我們殺光了妖精，所以結界也沒了，其實我不太建議你們留下來。」

很好，爆炸性發言又來了～！

現場的氣氛突然變得險惡。

如果吸血子沒有事先叫他們別吵，我猜現在應該已經有人開罵了吧？

話說回來，想不到吸血子的警告會這麼有效，這點讓我非常佩服。

聽說妖精被我們殺光的事情後，轉生者們的反應又是一片混亂。

突然知道直到昨天都還跟自己有接觸的人們死掉了，會陷入混亂也很正常。

聽完我們剛才的說明，他們應該明白妖精在戰爭中被我們擊敗了。

可是，他們應該想不到妖精被我們殺光了吧。

而且絕大多數的轉生者都沒經歷過戰爭與戰鬥，一直過著前世在日本的那種和平生活。心中感受到的震撼也相對地大。

有些轉生者臉色變得蒼白，有些則想要假裝不在乎，但卻失敗了。

「喂……」

也許是看不下去現場混亂的情況，鬼兄一把抓住吸血子的手。

「幹嘛？」

「現在不該講這個吧？」

「現在不說是要等到什麼時候？反正就算我們不說，他們也遲早會知道，早點讓他們知道不是比較好嗎？」

吸血子甩開抓住自己的手。

鬼兄無法反駁，只能任由她擺脫。

嗯……

儘管轉生者們相當混亂，但這件事確實遲早都得說。

雖然這個消息對轉生者們來說可能太過刺激，但要是顧慮到這點，而遲遲不說出這件事，也不是什麼好事。

或許吸血子說得沒錯，應該趁現在還早，快點說出這件事才對。

「原來是真的……」

看到吸血子和鬼兄的互動，似乎讓人明白吸血子剛才說的話都是真的。

山田同學用嘶啞的嗓音小聲說道。

「沒錯。對了，你別繼續說話了喔。因為我不想聽你的主張。就算你有意見，我也不打算聽進去。如果你無論如何都想讓我聽進去，就用實力讓我閉嘴聽話吧。雖然你辦不到就是了。」

好狠～！

太過分了！

這句話真的有夠毒！

山田同學都緊咬著牙，露出快要哭出來的表情了！

我覺得她應該可以說得更委婉一些。

「事情都已經結束了，還在那邊哭什麼。真是吵死人了。有意見的話，你可以阻止我啊。拜託不要只會在那邊叫，都不去檢討不中用的自己好嗎？」

好狠～！

太過分了！

這句話真的有夠毒！

別說是委婉了，她甚至還在人家的傷口上灑鹽！

山田同學都握緊拳頭瑟瑟發抖了！

看了感覺真可憐。

「不管過程如何，總之妖精都死光了——你們只需要知道這件事就夠了。還有，你們需要在意的事情，就只有自己未來的生活。不管是你們過去在這裡的生活，還是什麼責任、正義之類的問題，都跟我們沒有關係。那種問題就留給你們自己去煩惱吧。」

澈底否定對方後，吸血子從山田同學身上移開視線。

彷彿在說這個人甚至已經沒有映入眼簾的價值了。

「這個妖精之里已經沒人了。不但如此，過去一直保護這裡的結界也消失了，魔物可以輕易闖進來。如果有人對這種空無一物的地方還有留戀，想要繼續留在這裡的話，我們也會尊重這些人的意願。有人想要留下來嗎？」

聽到吸血子這麼說，有好幾位轉生者都拚命搖頭。

這也是正常的反應吧。

「如果你們不想留下來，那我們可以把你們帶到妖精之里——應該說這座森林的外面。之後就跟我剛才說過的一樣，我們會聽從你們各自的想法，儘量滿足你們的願望。不過，前提是不超過我們的能力範圍。」

嗯。

我們應該可以給他們最低限度的生活保障吧。

我想住在豪宅裡面玩！

要是有人敢說這種話，我一定會揍下去。

只要他們別說出太離譜的要求，我都會儘量實現這些願望。
只要借助神言教的力量，這應該不是什麼難事。
「啊，對了。如果你們想要回去，直接回去地球不就好了嗎？」
嗯？
什麼？
「有辦法回去嗎！」
剛才一直忍著沒說話的工藤同學，忍不住起身叫了出來。
「妳做得到吧？」
吸血子回過頭來，向我如此確認。
咦？
不……
我做不到喔？
我想要這麼說，但轉生者們充滿期待的眼神，狠狠地刺在我身上。
吸血子……
拜託不要亂丟炸彈啦！
因為吸血子丟下的特大號炸彈，轉生者們變得吵鬧了起來。
大家全都騷動起來，甚至連吸血子的警告都起不了作用。

或許有機會回到地球，所帶給他們的震撼就是如此巨大。

不過，可惜我辦不到那種事。

我之前確實問過吸血子，問她想不想回去地球。

可是，那得等到一切都結束之後才行。

那是系統瓦解之後才能辦到的事情。

不是現在系統還健在就能辦到的。

轉生者們無法回到地球。

因為還有n%I=W這個技能。

這個原本充滿謎團的技能，其實擁有把轉生者跟這個世界的系統綁在一起的效果。

轉生者本來並不是這個星球的居民。

照理來說，這些死者應該不會受到這個星球的特殊系統的影響，而是會回到正常的輪迴之中。

把這些靈魂硬塞進系統之中，賦予他們第二次的人生——

就成了我們這些轉生者。

而負責把轉生者的靈魂跟系統綁在一起的東西，就是n%I=W技能。

因為有這個技能，轉生者才能夠在身為外來者的同時，享受技能與能力值等等系統所給予的恩惠。

在此同時，這個技能也負責進行調節，讓轉生者不會完全融入系統。
有別於這個星球原本的居民，一旦轉生者死去，就會回到正常的輪迴。
要是讓轉生者完全融入系統，他們就會在這個星球不斷轉生，被困在這個無間地獄之中。
為了避免發生那種事情，n％I＝W技能會在賦予轉生者系統恩惠的同時，讓他們不會澈底融入系統。
對系統與這個世界來說，轉生者只不過是暫時的過客。
雖然n％I＝W技能對轉生者來說超級重要，但在這種情況下反倒成了阻礙。
技能跟靈魂綁在一起。
而對轉生者來說特別重要的n％I＝W技能，也跟靈魂緊密地結合在一起。
此外，n％I＝W技能還是轉生者跟系統之間的橋樑。
換句話說，這個技能跟系統是連在一起的。
這個連結無法切斷。
也就是說，我無法帶著轉生者離開有著系統的這個星球。
只要系統瓦解，就沒有這個限制了。
所以，我才會以事情都解決之後為前提，問吸血子和鬼兄想不想回到地球。
結果吸血子擅自擴大解釋，誤以為我們隨時都能回到地球。
事實上，由於我已經不受技能影響，所以能在這裡跟地球之間任意往返。

可是，那是因為我已經失去技能才辦得到，如果想要帶走轉生者，就只能破壞系統，或是讓他們跟我一樣把技能清空。

消除技能的手段確實存在。

那就是獻出技能的力量。

不過，當夏目同學被老師用那種手段奪走技能時，就只剩n%I=W技能還留著。

這代表n%I=W就是如此重要，也代表這個技能很難消除。

畢竟那可是用來傳遞系統影響的終端，應該不可能靠系統內部的力量刪除掉。

這麼一來，想要消除掉這個技能，就只能跟我一樣成為神了。

這是什麼超難通關的遊戲嗎？

太扯了吧～

至於靠我的力量能否消除掉n%I=W——答案是不行。

因為那可是D做出來的東西喔？

我這種傢伙不可能應付得來。

凡是牽扯到靈魂的東西，都需要用到超級困難的技術。

一個只當了十幾年神的菜鳥，實在是應付不來。

如果我硬要挑戰這個不可能的任務，很有可能會把靈魂一起破壞掉，讓人想到就害怕。

結論就是，我沒辦法帶他們回去。

可是，我該如何跟他們解釋這件事？

不過，其實我不需要說明詳細的原理，只要說一句做不到就夠了。

以工藤同學為首，有好幾位轉生者都用充滿期待的眼神看著我。

我非得在這種氣氛下說自己辦不到嗎？

「真的……回得去嗎？」

工藤同學感動到眼角泛淚。

啊……

嗚哇……

也對，如果對地球還有留戀，確實會想要回去。

而且他們一直被軟禁在妖精之里，艱難的生活讓鄉愁變得更強烈也很正常。

但我卻非得在這種氣氛下潑他們冷水不可！拜託為我著想一下啦！

可惡！

都是吸血子害的！

竟然丟下這種不必要的炸彈！

最早注意到我欲言又止的人，是吸血子和鬼兄。

吸血子疑惑地歪著頭，鬼兄似乎從我的態度察覺到了什麼，眼神到處亂飄。

他們兩個似乎都感受到我的些許動搖，發現我辦不到那種事了。

然後，他們兩人的反應，也逐漸讓其他轉生者發現事有蹊蹺。
那種原本以為可以回家，而滿懷希望的驚喜心情，逐漸被不安重新填滿。
表現得最開心的工藤同學等人，用哀求的眼神注視著我。
唉……
吸血子真的丟了個不必要的炸彈給我。
因為若最初就沒有給他們能回去的希望，他們應該根本不會有這種想法。
如果從一開始就不抱希望，也就不會失望了。
就是因為懷有不該有的希望，當他們明白那只是幻覺時，失望也會更大。
「回不去。」
我下定決心，說出了這句話。
下一瞬間，現場充滿著難以言喻的氛圍。
吸血子正要打開嘴巴說些什麼，我立刻發動邪眼讓她動彈不得。
我猜她八成是要脫口說出「咦？妳之前不是告訴我回得去嗎？」之類的話，但我希望她別再隨便亂說話了。
等到系統瓦解之後，的確不是無法回去。
可是，我不打算在系統瓦解後繼續照顧這些人。
因為我和D之間的契約，也沒有涵蓋這麼多事情。

而且我無法保證在系統瓦解後，我依然有能力做到這件事。

我之前是覺得如果只有吸血子和鬼兄的話，只要事前做好準備，說不定有機會辦得到，才會向他們如此提議。

但若對象是所有轉生者，準備時間與能源都不足夠。

頂多只有兩、三個人可以回去。

如果我現在誠實地說出這件事，會造成什麼後果？

想也知道會引發這個資格的爭奪戰。

既然不可能讓所有人都回去，那就讓所有人都留下來比較好。

這樣他們至少不會出現爭執，也不會因為不平等而心懷怨恨。

現場安靜得讓人心痛。

工藤同學重重地坐了回去。

與其說她是坐下，不如說是因為全身無力，而剛好癱倒在椅子上。

工藤同學的表情就是如此蒼白無力。

她一句話都說不出來，就這樣低著頭。

除了工藤同學之外，還有好幾個人都露出難掩失望的表情。

抱歉。

我不該讓你們懷有無謂的希望。

這種氣氛似乎連吸血子都受不了，她露出尷尬的表情。
看到這種反應，我才解除施加在她身上的邪眼。
「今天就到此為止吧。」
說完，我站了起來。
現場的氣氛告訴我，這場說明會已經無法繼續開下去了。
轉生者們應該也需要一點時間思考才對。
我像是要逃離這種凍結的氣氛一樣，快步走向屋外。
吸血子和鬼兄慌張地跟了上來。
誰也沒有阻止我們離開，我們就這樣來到樹屋外面。
重新關上的大門，就象徵著我們和轉生者們之間的隔閡。

Shinobu Kusama

草間忍

他的本名是薩金。雖然他有「薩金」這個今世的名字，但轉生者們都用「草間忍」這個前世的名字叫他，讓他的本名毫無存在感。他是身為神言教特殊部隊幹部的兒子之轉生者。因為這樣的出身，讓他很早就跟教皇有所接觸，也因此讓教皇得知轉生者的存在。此外，他本人也隸屬於特殊部隊，為教皇做事。他的專屬技能是「忍者」。因為他本人的個性，大家都笑他是「不像忍者的忍者」，但他實力高強，在特殊部隊之中也算是鶴立雞群。順帶一提，雖然他最後得到的專屬技能是這個，但其實D直到最後都在煩惱該給他這個技能，還是另一個能夠長草的技能。

S3　炫耀不幸毫無意義

若葉同學等人離開後，屋裡的氣氛可說是糟糕到了極點。

平常總是負責領導眾人的工藤同學，因為聽到若葉同學說我們無法回到地球，一直沮喪地低著頭。

我不清楚大家在這裡生活的情況。

可是，從他們過去給我的感覺，我猜他們應該是在工藤同學的帶領下勉強度日。

而他們的領導者快要被擊垮了。

在這種看不到未來的情況下，值得依靠的領導者還失去鬥志，似乎讓大家的心都蒙上了一層濃濃的陰影。

想要回去日本。

只要是轉生者，肯定任誰都曾經有過這樣的想法。

我也有好幾次都這麼想過。

這個世界的文明遠遠落後於日本，有很多讓人感到不方便的地方。

更重要的是，我想見到那些已經死別的家人。

然後，我就會忍不住這麼想——

如果可以回到日本就好了。

就連身為大國王子、處境比別人優渥的我都會這麼想了。

其他人的這種想法應該比我還要強烈才對。

工藤同學的反應就是最好的證據。

他們被軟禁在妖精之里，過著毫無自由的生活。

想要回到日本，或許是理所當然的想法吧。

「小忍～」

菲打破沉默，壓低聲音叫了草間的名字。

我想起了菲以前都這樣叫他，還經常把他當成跑腿使喚。

但她現在的口氣沒有當時那種親近感，甚至能讓人感受到敵意。

「怎、怎麼了嗎？」

「真的沒辦法回到日本嗎？」

聽到她這麼問，工藤同學猛然抬起頭。

「你們不覺得那些傢伙剛才的態度很奇怪嗎？他們絕對有所隱瞞不是嗎？而且要是真的沒辦法回去，他們應該根本不會提起這件事吧？」

菲說得很有信心，讓在場眾人的目光都集中在草間身上。

草間似乎被大家的氣勢嚇到，身體一直動來動去，讓跟他綁在一起的小荻露出厭惡的表情。

「我不知道！我什麼都不知道！真的啦！我沒騙人！我真的什麼都不知道！」

草間拚命為自己辯解。

他看起來不像是在說謊。

可是，也許是無法捨棄最後一絲希望，工藤同學衝向草間，抓著他的肩膀使勁搖晃。

「拜託！要是你知道的話就告訴我們吧！算我求你！」

「我真的不知道啦！要是可以回去的話，我也想要回去把沒看完的漫畫看完啊！」

雖然草間想要回去日本的理由很無聊，但他的口氣非常真切。

不過，與其說是因為想要回去的理由，不如說是因為工藤同學質問他時的魄力，才讓他說得如此真切。

「班長，冷靜點。草間不是說他不知道了嗎？妳先稍微冷靜一下行嗎？」

田川出面協調，輕輕地把工藤同學從草間身邊拉開。

「你這個在外面生活的傢伙怎麼會懂！你知道我們是懷著什麼樣的心情在這裡生活嗎！你這個自己在外面快樂冒險的傢伙！」

她大聲怒罵，一點都不像是我認識的工藤同學。

「妳說什麼？」

可是，這句話似乎惹火田川了。

「快樂的冒險？妳竟然說父母與兄弟全被殺光，為了找敵人報仇而戰鬥到吐血，是快樂的冒險？」

糟了！

「田川！冷靜點！」

我趕緊衝向田川，從背後架住他的雙手。

如果我不這麼做，他很可能會一拳打向工藤同學。

草間不知何時也掙脫開繩子，擋在前面保護工藤同學。

「啊……」

草間身後的工藤同學屈服於田川的魄力，臉色蒼白地癱坐在地上。

她的臉色難看成那樣，肯定不只是因為承受不住那種壓迫感。

「……抱歉。我只是一時激動。沒事了，放開我吧。」

調整好因為憤怒而紊亂的呼吸後，田川似乎恢復冷靜了。

我相信他這句話，放開架住他手臂的雙手。

看了工藤同學一眼後，田川默默地轉過身體，走上樓梯離開房間。

「啊……對不起……」

工藤同學向已經不在這裡的田川小聲道歉。

她依然癱坐在地上站不起來，就這樣無力地低下頭。

她的身體抖個不停，還發出小聲啜泣的聲音。
現場再次充滿沉重的氣氛。
我覺得剛才那件事是工藤同學的錯。
雖然我也不知道這件事，但她不曉得田川一直處在那種情況下戰鬥，還白目地踩到他的痛處。
不是只有工藤同學對田川的那些話感到震撼，那些說過想要去冒險的男生，也都表現得有點尷尬。
雖說不知者無罪，但工藤同學不小心踩到田川的痛處依然有錯。
不過，我還是無法責備她。
「爭論誰過得比較好並沒有意義……是嗎？」
我不由得說出京也剛才說過的話。
雖然我當時很反對他後來的言論，但這點可能被他說對了。
大家都走在不同的人生道路上。
每個人當然都經歷過不一樣的苦樂。
就算炫耀自己的不幸也毫無意義。
因為我們無論如何都無法改變過去。
我們必須放眼未來，而不是看著過去。

「班長。我們已經死過一次了。」

我們都死過一次，轉生到這個世界了。

這個過去無法改變。

「我們早就死了。就算現在的我們擁有前世的記憶，也不是同一個人了。我們轉生了，變得不一樣了。」

班長用哭腫的眼睛看著我。

她不明白我為何事到如今還說這些廢話，眼神中充滿了困惑，以及若干的埋怨。

「就算可以回到日本，我們也已經變成別人，沒有可以回去的地方了。」

班長倒抽了一口氣。

她心裡應該也明白這個道理。

只是不想承認罷了。

我們的長相已經跟前世完全不一樣了。

其中甚至還有像卡迪雅這樣，連性別都變得不一樣的人。

……根本就是不同的人。

就算用這種模樣回去日本，也無家可歸。

因為我們早就是這個世界的居民了。

「讓我們一起思考未來的事情吧。想想自己要怎麼做，還有該怎麼做。」

說完，我不禁懷疑自己到底能做些什麼。
到頭來，我什麼都辦不到。
就連繼承尤利烏斯大哥理想的願望，我現在也不曉得到底該如何達成。
我今後到底該怎麼做才好？
「哈！真不愧是勇者大人，說起話來就是不一樣！」
正當我快要被思緒吞沒時，有名男子開門走進這間屋子。
「由古……」
那傢伙就是率領帝國軍前來攻打這裡的元凶。
「別用那個名字叫我。我的名字是夏目健吾。」
由古——不，夏目毫不掩飾臉上的不快，大步走了過來，一屁股坐在田川剛才坐的椅子上。
「夏目，你來這裡做什麼？」
當我還在煩惱該如何對夏目開口時，菲就已經毫不掩飾敵意地問道。
「喂喂喂，好歹說幾句歡迎的話吧。」
「你還有臉說這種話嗎？」
菲邊說邊走到夏目背後。
這應該是為了能在夏目亂來時，立刻出手制服他吧。
「沒差吧？反正我都特地來讓你們取笑了。」

這種說法讓我感到不太對勁。

菲似乎也跟我有同樣的想法，一臉狐疑地看著夏目。

我這時才發現，夏目的眼神變得既汙濁又空洞。

以前他的眼睛總是炯炯有神，我還是頭一次看到他變成這樣。

「想笑就笑吧。畢竟我可是不但被人澈底利用，還擺出一副不可一世的樣子，最後卻敗在你手上的蠢貨。」

夏目自暴自棄地如此自嘲。

那副模樣讓我感到十分困惑。

這一點都不像是過去的夏目。

「……你到底怎麼了？」

菲似乎也覺得夏目的態度不太對勁，臉上寫滿了問號。

「……只是覺得一切都無所謂了。」

夏目一臉疲憊地這麼說。

「不，我從一開始就不在乎這一切了。山田，你剛才說我們已經死過一次了對吧？」

「沒錯。」

原來他都聽到了嗎？

「我完全同意你的想法。我們都是死人。但你接受了這個事實，踏上第二次的人生旅程；而我無法接受，於是就這樣墮落下去。事情就是這麼簡單。」

我驚訝得說不出話。

想不到竟然有機會聽到夏目說自己墮落。

畢竟夏目總是高高在上，擺出一副看不起別人的樣子。

而他也同樣地過度自信，完全不顧別人的想法，彷彿自己的所作所為都是對的。

這種傢伙又怎麼會突然改變看法……

「夏目，你的意思是，你至今所做的一切，全都是因為自暴自棄嗎？」

「我就是這個意思。」

正當我感到困惑時，前世的關係比我還要親近夏目的菲，說出了她內心的想法。

不會吧？原來他是在自暴自棄嗎？

難以置信與感到釋懷這兩種相反的心情，同時湧上我的心頭。

我會感到釋懷，是因為今世的由古跟前世的夏目實在差太多了。

前世的夏目是個陽光開朗的傢伙，雖然有些白目，但不是個壞人。

雖然我從前世就不擅長應付夏目，但那不是因為他是壞人，而是因為我不喜歡個性陽光的人那種積極強勢的態度。

老實說，就只是我單方面不喜歡夏目罷了。

而夏目在今世卻成了十足的暴君。

雖然他在前世也給人一點無視別人意見、我行我素的感覺，卻不像今世這麼嚴重。

更別說是真心要動手殺人了，我很肯定他不是那種人。

他在轉生後變了個人。

早在我們真的變成仇人之前，我就有這種感覺了。

所以，我會認為他的改變肯定有著某種理由，或許是很理所當然的事情吧。

但若他的理由是自暴自棄，我就覺得難以置信，同時也無法接受。

難道不是嗎？

我差點死在夏目手上。

而且他還用那股力量洗腦卡迪雅、蘇與悠莉，殺了我那個身為國王的父親，讓王國陷入混亂。

我們會來到妖精之里，也是因為得到情報，知道夏目要率領帝國軍攻打這裡。

關於這件事，雖然夏目似乎也只是被魔族軍利用，但他的所作所為還是太過惡毒了。

然而，他卻說自己做那些事是因為自暴自棄？

「你是在跟我說笑嗎………！」

因為……因為那種無聊的理由，父親大人就被殺掉了嗎！

父親大人被遭到洗腦的蘇殺死了。

同樣遭到洗腦的悠莉，也跟帝國軍一起殺進妖精之里。

不光是這些人，他知道自己到底踐踏了多少人的心嗎？

他以為到底有多少人為此犧牲！

造成這些犧牲的理由竟然是他自暴自棄，這我怎麼可能有辦法接受！

儘管我差點就一時衝動出手揍人，但我想起自己剛才跟京也與田川的對話，才在最後關頭忍了下來。

因為我明明對京也說了那些好聽話，又制止了情緒激動的田川，要是自己現在出手打人，絕對是錯誤的行為。

我大大地吐了口氣，怒氣也跟著被吐了出來。

「怎麼？不敢過來揍我嗎？你這個膽小鬼。」

「……我話說在前面，我可沒有原諒你。我一定會讓你為自己的罪行受到懲罰。就算我現在出手打你，也算不上是懲罰，只是發洩自己的怒火罷了。」

「那也無所謂不是嗎？如果打我能讓你覺得痛快，那你就打吧。」

……看來夏目真的覺得一切都無所謂了。

換作是以前的夏目，就算嘴巴裂開，也不可能說出「我讓你打」這種話。

「不。我不會打的。」

要是我現在對夏目動用私刑，就等於是否定我自己對京也說過的那些話。

「呵呵呵。喂，你還真是夠天真的。」

夏目對著我露出奸笑，讓我心中湧起一股想要殺人的怒火，但我還是忍了下來。

「算了。我就照你說的去做吧。不管是什麼樣的懲罰，我都願意接受。」

雖然這句話聽起來很好聽，但這應該不是因為他真心反省了。

夏目是真的覺得一切都無所謂了。

他大概連想要活下去的慾望都沒了吧。

如果我說要殺了他，他說不定也願意接受。

「……喂，這只是我的推測，你自己該不會也被洗腦了吧？」

當我恨恨地看著夏目時，菲說出了這樣的推論。

她到底在說什麼？

洗腦可說是夏目持有的「嫉妒」技能的專利。

她竟然說夏目被人洗腦？

而且當我確認夏目的能力值時，也沒有看到那種異常狀態，讓我實在很難這麼認為。

「我都看到了。在昨天那一戰，當若葉抓住夏目的腦袋時，有個像是小蜘蛛的東西從他耳朵裡爬了出來。」

這句話讓我感到有些不寒而慄。

聽到菲這麼說，夏目也伸手摀住自己耳朵，臉色變得有點難看。

「是、是啊。有可能是這樣。妳說耳朵是嗎？真的假的？雖然我知道自己被動了手腳，沒想到竟然會是耳朵……喂……裡面不會真的被放了東西吧？」

說完，夏目把手指伸進耳朵裡挖了幾下。

我覺得就算他這麼做，也沒辦法從耳朵裡面挖出東西，這應該是他不自覺的行為吧。

我也不是無法體會他的心情。

要是聽到自己耳朵裡被人放了東西，就算明知毫無作用，我也應該會做出同樣的反應吧。

可是，這就表示夏目至今所做的一切，全都是因為受人控制嗎？

如果是這樣的話……

「我話說在前面，就算我是真的被人控制，你也不需要同情我。」

「可是……」

「我第一次想要殺你的時候，還沒有受人控制。就算是在受人控制之後，我想要殺你也是出於自己的想法。這點是毋庸置疑的。」

聽到他這麼說，讓我受到比預期還要大的打擊，連我自己都嚇了一跳。

因為我竟然能讓以前的同學恨到這種地步，不管對方有沒有受到控制都想要殺了我。

「也就是說，你是因為自暴自棄這種個人的理由，才會做出那些壞事對吧？」

「就是這麼回事。」

「而你現在為了要負起自己的責任而說出這些話，是因為洗腦解除後，覺得一切都無所謂了是嗎？」

「我剛才不就是這麼說的嗎？」

「哼嗯……原來如此……」

說完，菲從後面把雙手擺在夏目的肩膀上，讓他的身體轉了一百八十度。

然後——

「哼！」

「嗚哇！」

一拳打在他的肚子上。

夏目抱著被毆打的肚子，從椅子上摔了下來。

「呼～～舒服多了！」

我的拚命忍耐到底有什麼意義……

菲無視我的努力而動用私刑。

「喂、喂……」

「有什麼關係？反正本人都說可以揍他了。這也算是懲罰的一環啦。」

之前看起來一直不太高興的菲，露出今天最燦爛的笑容。

「我決定了。到死之前，你一輩子都要當我們的奴隸。不管我們對你做了什麼，你都不准抱怨。OK？」

「喂喂……」

這傢伙的要求還真是過分。

「……嗯，沒問題。」

而且夏目竟然同意了。

……或許夏目自己也對我們懷有些許罪惡感也說不定。

「悠莉也可以接受嗎？」

「咦？」

聽到菲這麼說，我回頭一望，結果看到悠莉在魔族軍的白衣少女陪同下走了過來。

我完全沒發現。

夏目出現的時候也是這樣，看來我對周圍環境太過疏於防備了。

「嗯，我接受。其實我想讓他受到更淒慘的懲罰，但如果可以讓他嚐嚐每天都覺得生不如死的滋味……呵呵……呵呵呵呵！」

「悠、悠莉？妳還好吧？」

「嗯，我沒事。沒事喔？真的沒事。」

雖然她揚起嘴角，但眼神中毫無笑意。

「要不要先揍一拳再說？」

菲硬是把趴在地上的夏目拉回椅子上，向悠莉如此提議。

「嗯。」

悠莉想也不想就如此回答，在說話的同時就已經衝到夏目前面，對著他的腹部揮出重擊。

「嗚哇！」

夏目再次從椅子上滾落。

想到他過去的所作所為，這種程度的懲罰實在太輕了，但在前世的同班同學面前遭到公開處刑，除了肉體上的傷害，對精神的打擊應該也不小吧？

「卡迪雅，妳也要來一拳嗎？」

「不，我就不用了……」

看起來有點退縮的卡迪雅拒絕了。

因為卡迪雅也是被夏目洗腦的受害者之一，所以有權利在這裡制裁他。

但親眼看到這種慘狀，似乎讓她不打算繼續追打落水狗了。

畢竟夏目都被打到吐血了……

考慮到夏目的能力值，能夠讓他受到這種重傷，就表示菲和悠莉應該都是毫不留情地全力出拳吧。

軟禁在妖精之里、過著與暴力無緣的生活的轉生者們都被嚇到了。

即便如此，他們也沒有對這副慘狀表示意見，應該是因為我之前就對他們說過夏目的所作所為吧。

雖然男生們跟夏目的感情應該都很好，卻也默許了我們的行為。

想到這裡，我才發現自己剛才也是一味地指責若葉同學他們，硬把自己的想法強加在別人身上。

我也能夠理解根岸同學——也就是現在的蘇菲亞——為何會一臉厭惡地要我閉嘴了。

我真的很沒出息。

在各種方面都太沒出息了。

我應該感謝若葉同學，在我變得更加失去理智之前中止今天的會談，給我思考的時間。

「還得幫蘇打一拳才行。」

聽到菲開朗的聲音，我才想起自己還得跟夏目打聽蘇的消息。

蘇似乎沒有跟帝國軍一起來到妖精之里。

我必須跟夏目問個清楚，知道蘇現在的下落才行。

「夏目，蘇人在哪裡？她現在怎麼了？」

「你說那傢伙啊？」

夏目一臉痛苦地站了起來，重新坐回椅子上。

「那傢伙其實是若葉她們的同伴喔？她沒有遭到洗腦，而是自願協助那些傢伙的。」

「你說什麼？」

「這我可不能當作沒聽到。」

菲一臉不高興地皺起眉頭，我也厭惡地瞪著夏目。

在蘇殺死父親大人的時候，她的能力值列表中清楚寫著遭到夏目洗腦的異常狀態。

事到如今，他還想要說這種話讓自己脫罪嗎？

「我是說真的。我只有在讓她動手殺掉國王時對她洗腦，之後就解除了。」

「……這到底是怎麼回事？」

「我不是說過了嗎？你妹妹是自願協助那夥人的。會在殺死國王時對她洗腦，是因為若葉覺得如果不那麼做，你妹妹就無法下手殺死自己父親，才會命令我對她洗腦。其他時候我是真的沒有對她洗腦。」

我、卡迪雅和菲看向彼此。

卡迪雅和菲都露出困惑的表情。

事情到了這種地步，夏目還會說謊嗎？

先不管他有沒有必要說謊，夏目看起來不像是在說謊的樣子。

感覺他只是實話實說罷了。

「她有沒有可能就跟夏目一樣，直接被若葉同學洗腦？」

卡迪雅說出了可能性很高的推論。

「實際情況到底是什麼？」

「天曉得。我也是在洗腦解除之後，才知道自己被洗腦了。就算那傢伙有被洗腦，我也無從得知。」

「說得也是。」

「可是，我覺得她應該沒被洗腦。」

「為什麼？」

「我剛才說她是自願協助，但其實應該是受到威脅才不得不幫忙。」

「受到威脅？」

夏目這句話讓我嚇了一跳。

難道若葉同學他們是利用威脅蘇的方式，讓她不得不協助他們的計畫嗎？

「沒錯。就是拿你的命威脅她。」

夏目指著我這麼說。

「我？」

「對。你早在很久以前就被若葉他們盯上了。」

「為什麼……？」

我忍不住對此感到疑惑。

可是，經他這麼一說，有些事情就說得通了。

自從開始到學校上學之後，我就覺得蘇不太對勁了。雖然利用夏目顛覆王國，以及跟神言教聯手這些大動作，都是最近才發生的事情，但就算他們花了好幾年的時間進行事前準備，我也不覺得奇怪。

不但如此，如果他們不是花了好幾年進行事前準備，那事情就說不通了。

但就算明白這點，我也想不到若葉同學他們盯上我的理由。

因為我是勇者嗎？

不對，我成為勇者是最近的事情。

我懷疑若葉同學他們可能在那之前就展開行動了，但尤利烏斯大哥當時應該還活著才對。

……難道是因為我是尤利烏斯大哥的弟弟嗎？

難不成他們是為了利用人質對付尤利烏斯大哥，才會盯上我嗎？

同理，他們也是這樣威脅蘇的嗎？

……雖然說得過去，但這終究只是推測。

如果想要知道真相，就只能聽聽蘇的說法，或是直接去問若葉同學他們了。

「我現在只想知道，蘇平安無事嗎？」

我決定先不管其他問題，先確認蘇是否平安。

「她沒事。我還以為她會一路跟著我們來到這裡，結果她在快抵達之前就被帶走了。我不知道她被帶去哪裡。」

我看向悠莉。

因為她也跟夏目一樣，直到途中都還跟蘇一起行動才對。

「抱歉。我也不知道蘇到底去哪裡了……」

「這樣啊……」

顯然我還得跟若葉同學他們打聽蘇的下落才行。

「看來必須跟若葉同學他們問清楚的事情還很多呢。」

「是啊。我們之間還需要再進行對談。」

「對談啊……」

看到我和卡迪雅互相點頭，夏目耐人尋味地小聲呢喃。

夏目看著我們的表情似乎有些傻眼。

「你那是什麼反應？」

「該怎麼說呢？我只是懷疑自己怎麼會輸給這種天真的傢伙罷了。」

「哼！」

「嗚……！」

夏目這句話才剛說出口，菲的拳頭就打在他頭上了。

她這次似乎有稍微手下留情，夏目並沒有從椅子上滾下來。

「可以請你說話放尊重點嗎？」

即便被菲用藐視的眼神看著，夏目也沒有抱怨。

從態度就能明白，他說他願意接受這樣的懲罰不是騙人的。

「你這是什麼意思？」

我重新質問夏目。

「……你們該不會以為這樣就結束了吧？」

「到底是什麼意思？」

聽到夏目這麼說，我又回給他同樣的話。

「我是指若葉他們的事情。」

原本有些有氣無力的夏目，用認真的眼神筆直注視著我。

「你還不明白嗎？還是故意忽視這點？你是勇者，而若葉他們可是魔族軍喔？」

這個嘛……

我一時說不出話來。

就算夏目說我故意忽視，或許也怪不得他吧。

魔族是人族的敵人。

而且若葉同學還是殺死尤利烏斯大哥的仇人。

「你覺得那些人只是為了殺光妖精而來，之後就會乖乖回到魔族領地嗎？」

誰也無法反駁夏目的話，現場鴉雀無聲。

「我只不過是個棄子，無從得知那些傢伙有何企圖。可是，我很肯定他們在進行某種行動。證據就是，他們在蒐集擁有七大罪系技能與七美德系技能的人。正確來說，他們似乎是想要得到金鑰。我也把那種金鑰交給他們了。」

「金鑰？」

「沒錯。先說好，我可不曉得那種東西有何用處。可是，我想你們應該也知道，那些傢伙非常了解這個世界。就連我們不知道的事情，他們應該也都知道才對。」

他說得沒錯。

因為我也是今天才知道禁忌這個技能的真面目。

對了，不如我現在就說出禁忌的祕密吧。

……雖然我有點害怕，不知道悠莉會做何反應就是了。

「關於這件事，我猜若葉同學他們的情報來源，應該是禁忌這個技能吧。」

「禁忌？」

最先對我這句話有所反應的人果然是悠莉。

因為凡是擁有禁忌技能的人，神言教都會二話不說處以死刑。

但把禁忌練到封頂後，我才總算明白其中的理由。

「其實……我把禁忌的等級練到最高了。因為慈悲這個技能的負面影響，就是每次使用都會提昇禁忌的技能等級。」

悠莉猛然睜大眼睛。

「而禁忌這個技能的效果，就是提供情報——關於這個世界的起源的情報。」

我一邊伸手制止悠莉，一邊繼續說了下去。

「提供情報？」

「沒錯。那些情報印證了若葉同學所說的話。」

聽到我表示肯定，卡迪雅像是想通了般輕輕點頭。

「不過，神言教又為什麼要不斷處決擁有禁忌這個技能的人？」

卡迪雅看著悠莉，說出自己內心的疑惑。

「這個嘛……」

我可以說出這件事嗎？

雖然我猶豫了一下，但反正只要問過若葉同學他們，大家遲早都會知道這件事。

「因為害得這個世界差點毀滅的罪人，不是只有妖精。那反倒是這個世界的居民的罪過。」

然後，我說出自己透過禁忌得知的情報。

包括因為這個世界的居民濫用名為ＭＡ能源的東西，害得世界差點毀滅的事情。

以及其代價就是這個世界的居民必須在同一個世界不斷轉生，讓系統回收他們生前鍛鍊的技能與能力值之力，藉此讓星球得以再生。

「原來如此。所以神言教才要處決擁有禁忌這個技能的人……」

「因為對這個世界的居民來說，那就像是被迫面對自己的罪過一樣。為了避免事實的真相傳開，他們才會採取這種處置吧。」

「也就是說，神言教果然也知道禁忌的內容，才會協助若葉同學他們是嗎？」

「我想應該是吧。夏目，你有對神言教的人使用過那種洗腦的能力嗎？」

「沒有。」

「那就對了。我有說錯嗎？」

我看著被綁起來的草間和小荻。

「呃……大致上就是這樣沒錯啦。」

草間放棄辯解，肯定了我的推論。

「咦？咦？咦？」

聽完我們的對話，悠莉抱住自己的頭。

她一直都對神言教深信不疑。

過去深信的教義與理念都被顛覆——現在她心中應該亂成一團了吧。

傾心於神言教的悠莉或許很難接受剛才這些話。

也許我不該在夏目的洗腦才剛解除、她的精神狀態還不穩定時，說出事情的真相。

「今天就到此為止吧。我覺得大家、還有我自己都需要時間整理一下思緒。」

不光是悠莉，工藤同學與其他人應該也想要時間思考吧。

也需要時間調整心情。

「明天之後，我們再跟若葉同學他們問清楚剩下的事情吧。先搞清楚他們之後有何打算。不管我們是否同意他們的計畫，都得先把事情問清楚才行。」

我不知道若葉同學他們會有什麼行動。

包含洗腦夏目這件事在內，他們給我一種做事不擇手段的感覺。

他們不惜做到這種地步也要成就的事情，到底是什麼？

我必須搞清楚這件事。

還要知道他們的目的與手段。

我可以理解他們消滅妖精族的理由。

可是，他們的手段是建立在帝國軍的犧牲之上。

不光是這樣，他們之前還殺死我那個身為國王的父親，讓王國至今依然處於內亂狀態之中。

在更早之前，魔族還大舉進攻，讓許多人因此犧牲。

就連尤利烏斯大哥也犧牲了……

若葉同學他們的行動造成的犧牲實在太大了。

如果他們今後的行動會造成更多犧牲的話……

不管他們的目的有多麼崇高，我也……

可是，我到底能夠做些什麼？

『贖罪吧。』

總覺得一直在腦海中迴盪的詛咒聲變得越來越響亮。

一旦我失去鬥志，意識就好像要被牽著走了。

『贖罪吧。』

吵死了！

到底要我為了什麼事情贖罪？

我……我們到底做了什麼壞事！

「傻？」

也許是察覺到我不太對勁，卡迪雅擔心地這麼問。

「我沒事。只是在思考自己今後的方向。」

我沒有說謊。

事實上，我完全不曉得自己今後該怎麼做才好。

許多事情都擠在一起，讓我的腦袋一團混亂，無法整理思緒。

「走投無路」這句話或許適合拿來形容現在的我吧。

在此之前，我自認都是按照自己的想法行動。

可是，那些行動到底有何意義？

尤利烏斯大哥死了，父親大人在我面前被殺掉，蘇因為夏目成了弒父的凶手，王國也淪陷了。

為了阻止夏目，我來到這個妖精之里，結果什麼都做不到就倒下了，最後還得知夏目其實只是被若葉同學他們利用的棋子。

在我不知道的地方有著巨大的洪流。

我過去總以為自己的行動都是出於自己的意志，但其實我好像只是被那股巨大的洪流吞沒隨波逐流。

我到底該怎麼做才好？

更重要的是，面對若葉同學他們，我到底能夠做些什麼？

我不認為自己有那種能力。

我剛才也完全無力抵抗，只能狼狽地趴在地上。

『贖罪吧。』

我使勁搖頭，甩開心中的軟弱與詛咒聲。

就算我這麼做，詛咒聲也沒有停止。

即便如此，我也只能假裝沒聽見。

「俊，你真的沒事嗎？臉色很難看喔？」

「我沒事。只是身體好像還沒完全恢復。我要回房間裡稍微休息一下。等到頭腦稍微冷靜下來後，再來思考今後的計畫。」

我這麼告訴出言關心的卡迪雅後，移動腳步準備回房。

剛才的對話應該不會很奇怪吧？

禁忌的詛咒似乎讓我變得容易感情用事。

剛剛跟京也對話的時候，也應該可以不把場面弄得那麼難看才對。
京也應該也有他的苦衷，我卻忍不住感情用事，只顧著把自己的想法強加給他。
我打算下次跟他單獨談談。

結果，我沒有等到這樣的機會。
世界運作的速度比我想得還要快，連思考的時間都不肯給我。
彷彿一切都在往最糟糕的事態發展一樣。

4 同伴

「咕嗚！」

吸血子挨了我一記華麗的迴旋踢，抱著側腹當場倒下。

這記完美的迴旋踢不但確實地對吸血子造成傷害，還沒有讓她因為慣性被踢飛出去，力道控制得恰到好處。

連我自己都佩服不已。

「這……這太不講理了……」

趴在地上的吸血子似乎說了什麼，但我什麼都沒聽見～

我就這樣用蜘蛛絲把她綁起來，在地上拖著走。

照理來說，她應該會被搞到全身都是擦傷，但我相信憑她的防禦力一定不會有事。

妳就盡情地跟地面接吻吧。

「白小姐！請妳等一下！」

我就這樣拖著吸血子前進，但鬼兄抓住我的肩膀制止了我。

「我知道蘇菲亞小姐失言了，但這次妳也有責任。這麼做不會太過分了嗎？」

你說什麼？

因為鬼兄說出毫無邏輯的話，讓我筆直注視著他的臉。

平時總是藏在眼皮底下的十顆瞳孔，全都注視著鬼兄的眼睛。

邪眼的魄力讓鬼兄有些畏懼，但他硬是忍了下來，再次開口說道：

「因為妳總是沒把話說清楚。我們一直努力解讀妳為數不多的話語，並且依此做出行動，但這總是有個極限。我們沒有做到菠菜法則（註：即「報連相法則」，是日本職場的一種準則，「菠菜」跟「報連相」的日文同音，意思是「報告、聯絡與商量」）的標準。蘇菲亞小姐剛才會失言，都是因為妳沒把話說清楚。」

菠菜法則？

那是什麼？聽起來好像很好吃。

不開玩笑了。

呃……所以他想表達什麼？

鬼兄這些話的意思是，他希望我把事情說得更清楚嗎？

他竟然要我把話說清楚！

不可能～

「白小姐？」

「喂……！」

我無視鬼兄，重新邁開腳步，這似乎讓鬼兄感到困惑，被我拖著走的吸血子也大聲抗議。

「白小姐，妳有在聽我說話嗎？」

「就是說啊！我覺得這樣對待我是不對的！」

我沒有理會喋喋不休的他們。

雖然吸血子因為想要掙脫蜘蛛絲，身體一直跳個不停，但我同樣不予理會。

她以為這樣就能逃出我的蜘蛛絲嗎？

難道她不知道嗎？

沒人逃得出神的手掌心。

我拖著吸血子前往目的地。

吸血子還是一樣吵個不停，但鬼兄在途中就放棄抗議，安靜地跟在後面。

雖然他沒有抗議，但因為還是跟了過來，可見他應該還沒釋懷。

「這是……」

可是，在看到我們目的地的瞬間，他終於打破沉默了。

有別於總算開口的鬼兄，吸血子則是在看到那東西的瞬間閉上嘴巴。

他們應該都看傻了吧。

畢竟超巨大的ＵＦＯ就在我們眼前。

我的目的地就是這架ＵＦＯ。

這是波狄瑪斯在最後關頭為了逃離這個星球而發動的宇宙飛船。
我無視於看到傻眼的他們，就這樣走進ＵＦＯ之中。
當然，被我拖著走的吸血子也一起進來了。
為了不被我們丟下，鬼兄也慌張地重新邁出腳步。
被蜘蛛絲捆住的吸血子和鬼兄都好奇地看著ＵＦＯ裡的景象。
因為這架ＵＦＯ大得誇張，光是要在裡面移動，都得走上很長的距離，但裡面的景象令人百看不厭。
畢竟這架ＵＦＯ在設計時也有考慮到宇宙長途旅行的需要，裡面具備了長途旅行所需要的設施。
因為可以看到那些設施，就算只是在裡面參觀，應該也是件有趣的事情。
不過，吸血子被我綁了起來，卻還是努力仰起身體參觀的模樣，在旁人眼中大概非常滑稽。
我知道如果她不擺出那種姿勢就看不到，但一個淑女應該不能讓人看到那種模樣吧？
咦？
你說不知道是誰把她綁起來的？
這兩件事不能混為一談。
一旦我們抵達目的地，這場參觀之旅就要宣告結束了。
我的目的地就是這架ＵＦＯ的最深處，而面對著螢幕的魔王，以及負責保護魔王的三位人偶蜘蛛就在這裡。

不過——人偶蜘蛛少了一個，難不成菲兒還黏著那位老爺子嗎？

「哎呀？歡迎光臨。」

魔王注意到我們，向我們打了聲招呼。

她似乎是在我們召開轉生者會議時醒來，跑到這架ＵＦＯ裡面。

所以我才會來到這裡。

「蘇菲亞又做錯事了嗎？」

「愛麗兒小姐，妳說『又』是什麼意思？說得好像我經常做錯事一樣。」

咦？這女孩在說什麼傻話？

毫無自覺真是可怕的事情～

看吧，連魔王都在苦笑。

「小白，妳也不要太欺負蘇菲亞喔。」

這才不是欺負～

這叫做教育指導～

「所以，她到底做錯了什麼？」

「事情是這樣的……」

魔王不知為何不是看我，而是看著鬼兄這麼問。鬼兄對此也毫無疑惑，直接回答魔王的問

題。

嗯。

這是正確的做法。

雖然是正確的做法，卻給我一種好像在說我靠不住的感覺，讓人有些不爽。

只要我有心，還是做得到的！

我只是不想做罷了，但想做就做得到！

我是說真的喔？

「啊……原來如此～」

從鬼兄口中大致得知事情經過後，魔王露出傷腦筋的表情看著吸血子。

「雖然不小心亂說話的蘇菲亞有錯，但我覺得沒把事情說清楚的小白責任更大～」

我要抗議！

錯的人不是我！

我沒有錯！

「實際情況到底如何？你們真的回不去地球嗎？」

魔王換上認真的表情這麼問我。

「回不去。」

我明確地如此回答。

「嗯。既然小白說不行，那就是真的不行了吧。可是，不行的理由是什麼？就是因為沒聽妳說過這些細節，蘇菲亞才會不小心說漏了嘴。妳知道情報的重要性吧？可是，只有知道一切的妳才明白到底哪個情報有價值。蘇菲亞無法判斷自己接受到的情報是真是假，妳也應該站在她的立場想想。」

魔王委婉地對我講道理，讓我只能努力不把不滿表現在臉上。

妳是我老媽嗎？

啊，忘記妳是我奶奶了，真是抱歉。

「就是因為妳不管什麼事都想要一個人解決，跟別人合作的時候才會那麼隨便。妳不看重跟別人溝通這件事，因為妳沒必要跟別人溝通——只要妳有心，一個人就能解決所有事情。是個徹頭徹尾的邊緣人呢。」

儘管她說得很過分，但我無法否認這些話。

「雖然我也覺得這個不能怪妳就是了。因為我在遇到妳之前，也沒有資格說這種話。這就是能力太強的人的宿命吧。」

因為如果只看能力值的話，魔王在這個世界是獨一無二的最強者。

而且就連魔王底下的蜘蛛軍團，也都是她利用產卵技能生下的眷屬，而那就像是她自己的分身。

「不過，蘇菲亞和拉斯是妳的同伴。妳不要因為不擅長溝通就逃避這件事，應該好好地面對他們才對。」

咦？

同伴？

嗯？

同伴。

嗯……

啊，原來如此……

原來吸血子和鬼兄是我的同伴啊。

竟然可以發現這件事，難不成魔王是天才嗎？

奇怪？

我怎麼好像覺得有點莫名其妙，腦袋裡一團混亂？

「同伴」是什麼？

是一種日本的姓氏（註：「同伴」的日文是「仲間」，在日本也當作姓氏使用）。

嗯，雖然是這樣沒錯，但在這種情況下不是這個意思。

「同伴」是什麼？

就是跟自己一起做同一件事的人。

也是和自己地位與職業相同的人。

或是種類相同的同類。

雖然這些定義略有不同，但大致上的意思都差不多。

那就是跟自己並肩的人。

他們兩個有跟我並肩嗎？

老實說，就戰力上來說並沒有。

我一個人遙遙領先，他們兩個遠遜於我。

就這點來說，我們很難算是同伴。

不過，就擁有同樣志向這點來說，我們確實是並肩而行的同伴。

原來我們真的算是同伴嗎？

我還真是作夢都想不到。

想不到從前世就一直自認是個邊緣人的我，竟然早就擁有同伴了！

呃……

怎麼辦？

到底該怎麼跟同伴相處才對？

誰快來教教我吧！

「小白腦袋當機回不來了。看來是沒救了。友情的概念對小白來說還太早了。雖然她已經累積許多努力與勝利就是了……」

「那個……」

「拉斯，別看小白這個樣子，其實她只是個情感還不發達的孩子。別被她的外表和氣質給騙了。當小白做出不講理的行為時，通常都只是為了用暴力掩蓋對自己不利的事情。對吧？聽我這麼分析，你說她是不是真的很幼稚？」

「呃……」

「所以，當你覺得她做錯事時，不是說出自己的意見，而是要責備她的行為。如果不這麼做，她永遠不會改善。」

「妳是要我責備她嗎？」

「畢竟蘇菲亞靠不住，這件事只能靠你了。加油吧。」

「喂！妳說我靠不住是什麼意思！」

周圍好像有點吵，但我還在拚命思考「同伴」的意思，真希望他們能安靜點。

呃……我所知道的同伴，頂多就只有遊戲裡的小夥伴！

原來如此，我只要把他們當成是遊戲裡的小夥伴，想疼愛就疼愛，覺得不爽就一腳踹開就行了吧！

想通了以後，我就想要摸摸吸血子的頭疼愛她一下，但看到她被綁成一團還大吵大鬧的樣子，就讓我覺得不爽，直接一腳踹了下去。

「妳為什麼要踹我！我到底做錯了什麼！」

吵死人了。

所謂的同伴不就是這樣嗎？

「總覺得小白腦袋裡的認知出現了決定性的錯誤……算了，不管那麼多了。」

「愛麗兒小姐，拜託妳不要在這種時候放棄糾正她。」

「先不管那種小事了。」

「這算是小事嗎！」

魔王與鬼兄說著像是相聲的對話。

可是，魔王的表情非常嚴肅。

看來她真的有重要的事情要說。

「小白，妳看了這個有何感想？」

魔王用下巴指向螢幕，問了這個問題。

因為她的表情很嚴肅，似乎讓鬼兄和吸血子也發現這是正經的話題。

大家都繃緊神經看向螢幕。

……雖然吸血子還被綁著就是了。

「這個畫面有什麼問題嗎？」

鬼兄盯著螢幕上的文章好一段時間，卻搞不懂魔王到底覺得哪裡有問題。

因為吸血子的自尊心莫名其妙地強，雖然沒說她不懂，但表情看起來也是一頭霧水。

「問題可大了。」

魔王一臉困惑地看著那些文章。

那些文章是波狄瑪斯的日記。

那傢伙似乎是個很細心的人，每天都會把當天發生的事情寫成日記。

不過，因為他只是不帶感情地把當天發生的事情明確記錄下來，所以這些文章似乎也不太能算是日記。

畢竟裡面沒有太多個人的感想。

雖然到處都能找到類似研究心得的文字，但也非常罕見。

因為整篇文章都感受不到寫手的情感，所以應該不算是日記才對。

不過，在魔王顯示給我們看的地方，倒是可以看到波狄瑪斯難得顯露出情感。

其中顯露出來的情感是焦慮。

還有疑惑。

「MA能源的總量突然大幅降低。原因不明。雖然這可能跟這裡的機器在同一時期觀測到的次元震有某種關聯，但目前還沒辦法下定論。這顯然是異常情況。自從系統開始運轉後，從來不曾發生過這種事情。難道是系統出現重大的錯誤了嗎？繼續待在這個世界安全嗎？我不知道。雖然邱列迪斯提耶斯不允許我離開這個星球，但看來我還是先做好逃亡的準備比較好。」

嗯。

這件事我知道。

這就是前前任勇者跟前任魔王引發的那個事件。

他們試圖利用次元魔法達成某個目的，最後卻以失敗告終，讓日本的某間教室爆炸了。

那個事件就是導致我們這些轉生者轉生到這個世界的契機，而這篇日記就是當時的紀錄。

多虧了那兩個傢伙幹的蠢事，我們這些轉生者才會在這個世界誕生，魔王也因此成為魔王，為了彌補在當時消失的ＭＡ能源而四處奔走。

因為吸血子和鬼兄已經從我口中得知這件事的大致經過了，所以看到這篇文章也不覺得驚訝。

所以，他們才會搞不懂魔王覺得哪裡有問題，對此感到困惑。

可是，這確實是個大問題。

因為寫這篇文章的人是波狄瑪斯。

「這是怎麼回事？難道慫恿勇者與魔王的人不是波狄瑪斯嗎？」

沒錯。

就是這麼回事。

既然前前任勇者與前任魔王引起的這個事件，能夠讓波狄瑪斯如此震驚，就表示幕後黑手另有其人。

咦？

你說那難道不是前前任勇者與前任魔王擅自搞出來的事情？

他們根本就不知道系統到底是什麼，又怎麼能夠做得到那種事。

一定是有人告訴他們系統的事情。

若非如此，一無所知的人根本不可能跨越時空，找到D所在的那間教室。

因為就連波狄瑪斯都沒發現D的存在。

……事情到了這種地步，犯人的身分已經顯而易見了。

魔王應該也明白這點。

她只是不想承認罷了。

「沒錯。這全都是我的責任。」

現場響起不存在的第三者的聲音。

透過空間轉移來到這裡的人，就跟我想的一樣——

是穿著一身黑色鎧甲的這個世界的管理者。

他就是黑，即是邱列迪斯提耶斯本人。

事情便是這樣，先跟大家說聲晚安吧。

異世界最強決定戰即將開打。

現任冠軍是管理者邱列邱列。

而挑戰者是魔王。

雖然神與魔王的對決十分常見，但就是因為常見，所以才是王道。

最後的贏家會是神嗎？

還是會讓魔王成功地以下犯上呢？

請大家敬請期待。

啊，開戰的鑼聲還沒敲響，魔王就衝上去了～！

真是卑鄙！

不過，她可是魔王。

冠軍被她的偷襲打個正著，整個人飛出去了～！

卑鄙是一種讚美！

一記右直拳狠狠打在他的臉上！

冠軍承受不住這一拳，腳步都被打亂了！

負責擔任解說員的蜘蛛B小姐，請問妳怎麼看待剛才的攻防？

哎呀，負責播報的蜘蛛A小姐，其實冠軍是故意讓魔王打那一拳的。

妳的意思是……？

冠軍完全知道魔王要偷襲。

可是，他故意不閃躲，也不去防禦，直接挨了那一拳。

這大概就是冠軍的從容吧。

原來如此！

他故意先讓挑戰者打一拳，是想要藉此讓挑戰者認清雙方的實力差距對吧！

可是，魔王並沒有就此停手！

她抓住冠軍的領……我不知道那裡能不能算是領口，總之她抓住冠軍的領口，把冠軍按倒在地上了！

然後整個人直接騎上去！

是騎乘位鎖技！

「這到底是怎麼回事！」

魔王在這時質問冠軍！

她似乎是對毫無反抗、任人毆打的冠軍感到憤怒！

戰鬥吧！

她是要冠軍認真戰鬥！

「……抱歉。」

可是……！

即便如此，冠軍依然沒有展現出戰鬥的意志！

這到底是怎麼回事！

冠軍失去鬥志了嗎！

魔王揮拳打向冠軍！

呼……

我玩膩播報遊戲了。

「愛麗兒小姐！等一下！別再打了！」

魔王不斷揮拳毆打黑的臉，鬼兄從後面架住她的雙手阻止她。

雖然魔王在鬼兄的懷裡不斷掙扎，想要繼續毆打黑，卻只能被他硬拉開來，沒辦法繼續打下去。

在跟波狄瑪斯的決戰中，魔王失去了大部分的力量。

她現在就跟外表一樣只是個小女孩，說不定遠比外表看上去的還要柔弱。

一旦被鬼兄的力量硬拉開來，就不可能抵抗得了。

鬼兄，幹得漂亮。

畢竟現在的魔王就跟需要靜養的病人差不多。

劇烈運動對她的身體不是很好。

不過，如果不讓她稍微發洩一下，應該也無法擺平這件事。我認為應該讓黑被她揍個幾拳，才沒有出面制止。

鬼兄出手阻止的時間點抓得很棒。

真不愧是懂得看氣氛的男人。

咦？你說吸血子？

她當然還是被綁成一團，因為完全搞不清楚狀況，只能露出跟白癡一樣的表情。有意見嗎？

「這到底是怎麼回事？」

「抱歉。」

在這之後，被鬼兄架住的魔王依然不斷質問黑，而黑也只是不斷道歉。

瞥了這樣的他們一眼後，我繼續把魔王剛才翻閱的波狄瑪斯日記看完。

「邱列迪斯提耶斯主動跑來找我在外面活動的身體。這還真是難得。他問我最近有沒有發生異狀，肯定是想問MA能源遽減與同時期發生的次元震的事情吧。我當然不打算給他任何情報。雖然我反過來問他，想要打聽一些情報，但那傢伙似乎也不曉得到底發生了什麼事。結果我就在毫無收穫的情況下跟他告別了。想不到連那傢伙都不清楚這次的異常現象是怎麼回事。看來有必要蒐集情報了。」

「勇者換人做了。新任勇者是亞納雷德王國的第二王子尤利烏斯。雖然這件事不是很重要，但既然勇者換人了，就代表前任勇者達雷斯梅克死了。從這個時間推算，這件事應該跟之前的次元震有關才對。如果是達雷斯梅克引發次元震的話，那我就可以理解了。雖然無法確認魔王是否有換人，但如果魔王有協助達雷斯梅克的話，那他應該也死掉了吧。而且邱列迪斯提耶斯還活著。換句話說，那些傢伙失敗了。沒用的廢物。」

「我為了拿來當作自己的次世代主要肉體而產下的個體，開始用念話說出奇怪的事情了。她明明還只是連自我意識都不可能有的嬰兒，光是會使用念話就很不可思議了，而她說出來的話更是不可思議。可是，那些話的內容讓我很感興趣。她竟然說自己是個轉生者，並擁有在其他世界生活的記憶。我還在想因為那場次元震而消失的ＭＡ能源到底跑去哪裡，想不到竟然是跑去異世界了。雖然我不明白原本應該要流向邱列迪斯提耶斯的那股能源怎麼會跑去那種地方，但這個結果確實很有趣。轉生者——來自異世界，跟我們不一樣的靈魂。如果利用那些靈魂，或許可以為我遇到瓶頸的研究帶來一個突破口不是嗎？這件事有嘗試的價值。這樣的話，我就得趕緊確保實驗的樣本才行。幸好那個告訴我轉生者的事情的個體——菲莉梅絲也想要保護那些轉生者。那我就實現她的願望吧。」

嗯……

該怎麼說呢……

光是看著這些噁心的內文，就讓人有種精神逐漸崩潰的感覺。

因為這人就是個不把壞事當成壞事，還做得理所當然的傢伙。

光是在這篇短短的文章裡，就能充分感覺到他完全不把前前任勇者、前任魔王和老師當成人看，只把他們當成道具。

雖然我早就知道了，但那個臭波狄果然是個人渣！

如果調閱過去的資料，應該也能找到他過去跟前前任勇者以及前任魔王交流的紀錄，但好像沒必要調查到那種地步。

而且我也不想看得太仔細～

因為我已經大致看清楚這件事了。

儘管我早就知道這一切了。

「邱列，我一直擅自把你當成朋友，以為你是我的同伴，難道這只是我誤會了嗎？」

啊……

我一直不去理會魔王和黑之間的爭執，但看來事情好像鬧得很大。

魔王一副快要哭出來的樣子。

竟然把這種小女孩弄哭，黑真是太差勁了！

……這只是開玩笑的。我也差不多該介入了。

「喂，廢物。」

啊，我搞錯了。

一個不小心就直接對黑說出真心話了。

算了，將錯就錯吧。

「你不把事情說清楚，我們又怎麼知道這是怎麼回事？別只顧著道歉，給我把事情說清楚。」

黑從躺著的狀態變成挺起上半身，並且睜大了眼睛。

魔王也轉頭看了過來，同樣睜大了眼睛。

「……咦？主人，妳有資格說這種話嗎？」

吸血子似乎說了什麼奇怪的話，我二話不說就一腳踹了下去。

讓吸血子閉嘴後，我再次質問黑。

因為他說得吞吞吐吐，還一直反覆說著「都是我的錯」或「都是因為我搞錯了」之類的廢話，讓我花了不少時間才把事情問清楚。

可是，如果把整件事總結成三句話，大概就是下述這樣吧——

黑對勇者與魔王提出呼籲，希望讓人族與魔族停戰。

臭波狄告訴勇者與魔王，說管理者是壞人。

於是勇者和魔王決定打倒管理者。

……事情為什麼會變成這樣？

如果說得更詳細一點，事情的來龍去脈大致上是這樣的——

首先，因為這個世界的居民靈魂出現劣化的現象，而且魔族的靈魂劣化現象變得更為嚴重，導致魔族的出生率下降。

因為這個緣故，魔族已經顧不得打仗了。

黑發現再這樣下去魔族將會滅亡，便呼籲魔王與勇者停戰。

到此為止還沒問題。

黑的判斷是正確的。

雖然我不知道當時的情勢如何，但看到亞格納與巴魯多為了重振魔族而拚命奔走的模樣，也就不難想像當時的情況有多麼危急了。

早在基本上只會旁觀、不會主動積極行動的黑有所行動時，就應該知道當時的情況有多麼糟糕了。

如果黑沒有行動，讓戰爭繼續打下去的話，當我們這些轉生者誕生的時候，說不定魔族早就滅亡了。

就算這個假設太過誇張，情況也應該會比現在還要危急。

只是，黑在這時候失算了。

他沒料到臭波狄已經跟前前任勇者和前任魔王有所接觸。

而且他也說了對老師說的那些話，對他們灌輸管理者是壞人的觀念。

他告訴他們，管理者利用勇者與魔王讓這個世界的居民互相爭鬥，藉此讓人們累積力量，以便在他們死後加以掠奪。

雖然事實就是如此，但如果只聽了這些，就會認為管理者是壞人。

可是，其實管理者努力做這些事，都是為了讓這個世界再生。

聽了黑與臭波狄雙方的說法後，前前任勇者與前任魔王到底有何想法，就只有他們本人知道。

而兩位當事者早就死掉了，所以我們也無法得知真相。

不過，如果只就結果來看，他們就只是無謀地挑戰管理者、白白浪費掉ＭＡ能源的傻瓜。

ＭＡ能源到底為什麼會大量減少？

就算他們跑去挑戰管理者，單純進行戰鬥的話，應該不可能導致ＭＡ能源減少才對。

但前提是他們兩個不是勇者與魔王。

勇者與魔王身上有著許多隱藏的設定。

這是那個壞心眼邪神故意設下的機制。

勇者在面對魔王時會變得更強。

這是因為從長壽的魔族裡輩出的魔王，比起身為人族的勇者占有更多優勢，為了避免遊戲無法進行，才會有這樣的補救措施。

當實力有段差距的勇者與魔王交戰時，勇者就會消耗ＭＡ能源，讓實力得到暫時性的提昇。

其實這種提昇實力的隱藏機制，除了勇者對抗魔王之外，在某種情況下也能發揮作用。

那就是對抗神的時候。

這個世界現在只有黑是貨真價實的神。

因為莎麗兒成了系統的核心，完全沒有行動能力。

換句話說，在面對外部敵人的時候，只有黑能夠行動。

諸神為了爭奪領土，也會互相爭奪星球。

這個星球已經被龍族放棄，而且就快要毀滅了，沒有占領的價值，被人盯上的機會並不大。

可是，沒人敢斷言那種事絕對不會發生。

因為無法斷定放棄這裡的龍族不會回來，而且說不定會有流浪的神突然出現。

而勇者與魔王就是用來對抗那些外神的手段。

當勇者與魔王挑戰神的時候，可以消耗ＭＡ能源提昇自己的實力。

當然，神不是可以輕易擊敗的對象。雖說只是暫時的，但把足以對抗神的能源灌進個人體內，當事者也不可能全身而退。

而且因為要對抗的敵人是神，ＭＡ能源的消耗量也不是勇者對付魔王時所能比擬的。

即便如此，這個機制依然存在。

而且實不相瞞，這個機制對管理者也能發揮作用。

這到底是在搞什麼鬼？

會這麼想也很正常吧。

如果這是一款線上遊戲，這等於是讓玩家擁有對付GM的特殊能力。
而且一旦使用這種能力，連伺服器本身都有可能會被破壞。
這是個能夠澈底顛覆遊戲基礎的愚蠢機制。
與其說是機制，不如說是程式漏洞。
但那並不是程式漏洞，而是系統的正常機制～
因為這個機制就是那個臭邪神創造的。
仔細想想，D可能是想要把挑戰管理者的選項，也留給這個世界的居民吧。
如果要問這其中有何意義，那傢伙應該只會說「因為我覺得這樣比較有趣」吧。
讓凡人去挑戰神明——
雖然我不曉得這樣能否改變世界，但就算這件事毫無意義，D應該也能從這種事件中得到樂趣吧？
沒錯。
換句話說，前前任勇者與前任魔王透過挑戰名為管理者的神，消耗了MA能源，成功地得到一瞬間的強大力量。
代價當然是消耗掉大量的MA能源，以及他們兩人的生命。
他們八成覺得自己這麼做是對的。
可是，結果他們只是白白浪費掉MA能源，讓這個世界陷入困境。

不但如此，他們還造成了不必要的犧牲，殺了我們這些活在其他世界的轉生者。

真是兩個可悲的小丑。

說到這裡，不知道各位有沒有發現？

在這整個過程中，黑其實沒有太大的責任。

「從你剛才這些話聽起來，責任不是幾乎都在波狄瑪斯身上嗎？」

「不，沒有跟勇者與魔王說明清楚，確實是我的責任。」

魔王說出中肯的意見，但黑堅決認為是自己的錯。

在說明整件事的時候，他也不知為何，一直強調是自己的錯。

事實上，黑確實不能算是毫無責任。

雖然我不曉得黑是怎麼對前前任勇者與前任魔王說明的，但如果他當時有確實贏得他們的信任，事情就不會變成這樣了。

因為這表示他比臭波狄還要不讓人信任。

真是可悲。

不過，最可惡的人當然是欺騙前前任勇者與前任魔王的臭波狄。

雖然從臭波狄的日記看來，他們兩個並沒有仰賴臭波狄，而是擅自行動搞死自己就是了。

或許臭波狄也只是認為，如果他們可以自己跑去擊敗黑，就算是賺到了。

只根據狀況去推測，就幾乎能找出真相，可見那個臭波狄是個優秀的傢伙。

但也就是因為這樣才惡劣！

「邱列，你是不是有所隱瞞？」

「我沒有隱瞞任何事情。都是我不中用。事情就是這麼簡單。」

魔王繼續逼問，但黑還在裝傻。

不過事情到了這種地步，黑有所隱瞞已經是顯而易見的事實了。

「因為我沒把關於系統的知識完全告訴他們，才會造成這個悲劇。責任在我身上。」

嗯……

黑並沒有說謊。

他只是沒說出最重要的事情而已。

前前任勇者與前任魔王確實幹了蠢事。

唆使他們的人是那個臭波狄也是事實。

而黑也的確沒把關於系統的知識完全告訴他們。

這一切全都產生負面影響，才會釀成那樣的悲劇。

如果要說誰是幕後黑手，跟這件事有關的所有人都算是幕後黑手。

不過，他還少算了一個人。

「女神莎麗兒。」

聽到我小聲地這麼說，黑做出誇張的反應。

他用眼神示意我：「別說！」

不過我還是要說！

「把本應襲向黑的攻擊轉給D的人，就是女神莎麗兒。」

聽到我這麼說，每個人的反應都不太一樣。

黑依然面無表情。

魔王臉上浮現心如死灰的情緒。

鬼兄露出想通了的表情。

吸血子則是一頭霧水、一臉呆滯。

仔細想想，這也是理所當然的事。

前前任勇者與前任魔王想要攻擊連臭波狄都不知道其存在的D，原本就是不可能的事情。

若是透過系統，想要找到系統的製作者——也就是身為術者的D，並非完全不可能。

可是，如果不是對系統非常精通，就辦不到那種事情。

只有身為系統管理者的女神莎麗兒不在此限。

「這是真的嗎？」

魔王如此質問黑，而黑用沉默代替回答。

不過，他的這種態度其實已經是肯定的意思了～

站在黑的角度來看，因為針對自己的攻擊在不知不覺間被莎麗兒擋下，而且這件事還造成M

A能源減少，又創造出我們這些轉生者，因此間接造就這種奇妙的狀況，他會覺得自己有責任也很正常。

因為如果他不去見前前任勇者與前任魔王，就不會被當成攻擊的目標了。

次元魔法也不是萬能的。

從超級方便的空間魔法進化的次元魔法，想也知道超級無敵方便。

可是，這種魔法依然有著明確的效果範圍。

雖然所有技能都是這樣就是了。

如果要發揮出超過技能效果範圍的功效，就得加深對系統的骨幹——也就是對魔術的理解才行。

因為就連會用空間魔法的人都很少了，所以會使用次元魔法的前前任勇者與前任魔王應該都相當優秀。

但是，做不到的事情就是做不到。

次元魔法無法用來攻擊自己從未見過的對象。

就跟空間魔法一樣，發動次元魔法的第一個步驟也是指定空間。

接著才是選擇要對該空間發動的魔法。

不管是要轉移還是攻擊都一樣。

而在第一個步驟之中，術者可以指定的空間，就只有自己曾經去過的地方，或者是實際見過的人物。

因為黑跑去跟前前任勇者與前任魔王見面，才會讓他變成可以攻擊的對象。

如果黑有小心行事，不是親自過去，而是派部下過去的話，也不會變成攻擊的對象。

不過，他應該是想要贏得對方的信任，才會選擇親自出馬吧～

想不到卻造成了反效果。

然後，莎麗兒對系統動了手腳，讓次元魔法的攻擊對象變成Ｄ。

老實說，我不明白莎麗兒有何企圖。

雖然我有想到幾個理由，但我無法理解那傢伙的思考邏輯，不知道哪個才是正確答案。

她可能只是想要救黑，也可能是想要陷害Ｄ，或是有其他企圖。

這個問題的答案，就只有問她本人才能知道了。

雖然我不想問，也不感興趣就是了。

因為只要跟那傢伙面對面，我就會覺得不爽，想要狠狠揍她一頓。

總之，不管理由是什麼，她本人肯定沒有惡意。

那就跟在情急之下阻止突如其來的意外差不多。

雖然她沒能完全擋下，讓人覺得有點漏氣就是了。

如果莎麗兒沒有出手干預，讓前前任勇者與前任魔王的攻擊直接擊中黑的話……

黑可能早就沒命了，不然就是身受重傷、變得虛弱。

到時候那個臭波狄也不會保持沉默，局勢應該會變得更混亂吧。

甚至有可能讓他獨霸天下。

但那樣的話，應該能回收一部分那些用來攻擊黑的ＭＡ能源。站在ＭＡ能源的角度來看，情況有可能會變得比現在更好。

假如是在這個世界用掉ＭＡ能源，就算沒辦法全部回收，也應該不是完全無法回收。

而且要是黑死掉了，ＭＡ能源的總量應該會變多吧。

因為可以攻擊管理者，就算系統擁有這種功能，也不會讓人覺得奇怪。

——也就是藉著吸收神，讓ＭＡ能源得以增加的功能。

反過來看看現在的狀況。

黑毫髮無傷地活了下來，取而代之的是ＭＡ能源大幅減少。

轉生者們來到這個世界，讓世界進入動盪的時代。

不管走哪條路，局勢都會變得混亂。

不過，我們成功抹殺掉臭波狄了。

他是這個世界的膿瘡，也可說是癌細胞。總之我們除掉了這個世界最不需要的東西。

嗯……

這麼一想就會發現，不管走哪條路，優點與缺點都很明顯，實在讓人分不出好壞。

不過，想到如果讓臭波狄活著，未來無論如何都只會往不好的方向發展，我就覺得說不定走現在這條路才是對的……吧？

嗯，就當作是這樣吧。

雖然轉生者們真的很無辜就是了。

啊，只有我不算。

因為如果我沒有轉生到這個世界，恐怕就只能在那邊當個普通的蜘蛛結束一生。

結果我不知為何一路當到神了，讓我覺得有轉生真是太好了。

哎呀？

這麼想的話，我不是應該稱讚莎麗兒嗎？

……看來我得敬拜女神了。

「邱列，那不是你的錯。」

「不。那就是我的錯。我不知道事情會變成這樣都是自己害的，還過著毫無作為的日子。」

魔王暫時不去想莎麗兒的事情，還出言安慰黑。

面對她的安慰，黑只能露出自虐的笑容。

這我可以理解。

因為黑也沒發現ＭＡ能源大量減少，還把責任全都怪在臭波狄頭上。

一旦知道自己也在不知不覺中參與到這件事，這個廢柴當然會覺得自己有責任。

我猜肯定是某位邪神好心告訴他的吧。

如果沒人告訴黑，他也無從得知整件事背後的內幕。

而能夠知曉這一切的人，就只有那位邪神了。

邪神就是邪神。

咦？

你問我怎麼會知道這件事？

別小看我的情報蒐集能力好嗎！

我那些專門負責蒐集情報的分體會親自前往各地，並觀察當地的情況；負責破解系統的分析班也會擷取跟系統有關的情報；我還開發出雖然功能有所侷限，但可以看到過去的新邪眼。

我就是利用新邪眼窺探過去，透過間接證據與其他證據不斷推測，最後才成功找出真相。

現在的我是任何懸案都能解決的超級名偵探。

不過，這種可以看到過去的能力真的很難用，我幾乎不會用到。

「如果你感到過意不去，只要現在做出行動補償就行了。」

因為我差不多對他這種態度感到厭煩了，便用這句話做出總結。

「妳說得對。我會這麼做的。」

沒錯。

這麼做就對了。

因為之後還有重要的工作在等著你。

因為莎麗兒出手干預，前前任勇者與前任魔王引發的事件才會走到現在的結局。

不過……

對於我今後將要引發的事件，這個世界的居民們又會做出什麼樣的選擇呢？

雖然不管他們怎麼選擇，最後的結局都不會改變就是了。

幕間　田川邦彥

……我搞砸了。

我會對班長發飆，也是沒辦法的事。

聽到她說那種話，我當然會生氣。

不過，當時差點動手打人這點，確實是我不好。

班長被軟禁在這裡許多年，能力值也相對地弱。

要是我動手毆打班長，她應該早就沒命了吧……

「妳覺得我該怎麼辦？」

「乖乖道歉不就好了嗎？」

因為忍受不住那種尷尬，我逃到麻香身邊，但她的反應十分冷淡。

難道她就不打算幫我跟班長和好嗎？

「別擺出那種沒出息的表情了，今天就去向她道歉吧。這種事拖得越久，就越讓人覺得尷尬。」

「……我會的。」

「不過，你們現在應該都還沒整理好自己的心情。等到中午再去道歉吧。」

「就這麼辦吧。」

看來麻香似乎不打算幫我。

她對這種事真的很不講情面呢……

畢竟錯的人是我，這也怪不得她。

可是，如果中午才要去道歉，之前這段時間就沒事可做了。

……要去找那個人嗎？

麻香剛才說過，這種事拖得越久，就越讓人覺得尷尬。

雖然這兩件事不太一樣，但要是拖得越久，我應該也會越難去找那個人吧。

既然如此，那我就下定決心直搗黃龍吧。

「麻香。」

「……什麼事？我突然有種不好的預感……」

「我要去見梅拉佐菲。」

聽到我這麼說，麻香懊惱地抱著頭。

「……你去找他做什麼？」

「不做什麼。事情都變成這樣了，我不打算跟他動手。畢竟武器也壞掉了。」

我的愛刀在昨天那一戰被京也折斷了。

……被折斷了。

我的愛刀……

「拜託不要自己說出事實，又自己受到打擊好嗎？」

「我也不願意啊～！」

那可是我心愛的武器啊！

那是包含我和麻香在內，由一群高級冒險者組隊擊敗名為雷龍的超強龍種魔物後，委託本領一流的鍛造師利用其素材打造而成，可說是充滿了回憶的傑作！

雖然我最重要的搭檔當然是麻香，但第二重要的搭檔就是那把愛刀了！

結果卻被折斷了……

「別哭啦。」

「我沒哭！」

雖然我難過得想哭，但都活到這個年紀了，才不會真的哭出來。

「麻香，妳的法杖不是也壞掉了嗎？妳就不難過嗎？」

「道具遲早都會壞掉。」

她在這種時候真的很不講情面呢……

「唉……你去見他，只是要把事情問清楚而已對吧？」

「沒錯。」

我也不可能赤手空拳跑去挑戰梅拉佐菲。

不只如此，就算身上有武器，我一個人也顯然打不過他。

所以，就算我跑去見他，也不會做出向他挑戰這種蠢事。

如果我不主動挑戰，對方應該也不會引起不必要的紛爭才對。

「是嗎?那我們就出發吧。」

「妳也要去嗎?」

「讓你一個人去，我放心不下。」

「可是，這樣好嗎?」

我瞥了躺在床上的岡姊一眼。

麻香還得負責照顧倒下的岡姊。

「在我們出發之前，我會先跟千惠換班的。」

「啊，你是說七瀨啊……」

轉生者之中的七瀨千惠很擅長照顧人，交給她應該沒問題吧。

於是，我們在離開前先跟七瀨說了一聲，拜託她照顧岡姊。

當我們走出房子的時候，身穿白衣的女子用手語做出指示，讓其他白衣人躲在我們後面跟蹤。雖然我有察覺到他們的行動，卻故意假裝沒發現。

對方當然會派人監視我們。

可是，只要我們沒有奇怪的動作，應該就不會被殺掉才對。
如果對方想要下手，昨天就會殺了我們。
若葉同學他們是出於「前世的交情」，才會留我們一條命。
雖然其他魔族軍對我們下手的可能性並不是零，但這點應該不用太過擔心才對。
至今見到的魔族軍給我的感覺，就是徹頭徹尾的軍人。
魔族軍忠於自己的任務。
他們不會夾帶私情，就只是平靜地做好自己的任務，給人有如機械般的印象。
我不認為這些人會違背若葉同學這位上司的命令。
梅拉佐菲也是一樣。
我幾乎不了解梅拉佐菲這個人。
實際跟他碰面的次數，也就只有三次。
第一次是在我和麻香的故鄉，那傢伙毀了那個地方。
除了我和麻香之外，所有人都被殺光了。
第二次是在先前那場人魔之戰。
他擔任魔族的大將，跟負責防衛要塞的我和麻香打了一場。
而第三次就是昨天那一戰。
話雖如此，但在昨天那一戰中，我們見到的不是本體，而是他用技能創造出來的分身，所以我不太確定那能不能算是有實際見到他。

不過，不管是分身還是本體，其言行舉止都跟本人一致，所以應該問題不大吧。

雖然說是言行舉止，但我們幾乎不曾說過話。

因為第一次見面的時候，我們毫無反擊之力，剩下的兩次也都是在戰場上交手。

當然沒時間好好交談。

可是，實際交手過兩次之後，我還是多少感覺得出來——

他八成是個超級認真的傢伙。

以軍人來說，就是個模範的優等生。

他根本不可能違背命令，也不會擅自出手消滅一個部族。

既然如此……

那梅拉佐菲之所以消滅我們的故鄉，難道不是因為上頭的命令嗎？

那傢伙不就只是聽令行事而已嗎？

這是我的推測。

雖然我過去的目標一直都是擊敗梅拉佐菲，但如果事實真是如此，那我可能就得換個想法了。

而且若葉同學他們所說的話太過令人震撼，讓我不確定自己殺敵復仇的願望是否正確。

就像我對若葉同學他們不夠了解一樣，我想要先搞懂梅拉佐菲這個人，然後再思考自己想做的事情。

我今後到底該如何是好？

為了找出這個問題的答案，我必須去跟梅拉佐菲見面，把話說清楚才行。

「對了，你知道梅拉佐菲在哪裡嗎？」

「啊……」

因為我們在妖精之里中繞了老半天，負責監視我們的白衣人看不下去，便主動說要幫我們帶路，才讓我們順利地在中午之前見到梅拉佐菲。

……這些白衣人明明很有人情味不是嗎？

到底是誰說他們像機械的……好像就是我。

「你是想要跟我談談嗎？」

主動跑來說要談話的我們，被帶到一間妖精族的屋子裡面。

我們在那裡見到了似乎正忙著處理戰後善後工作的梅拉佐菲。

我們現在就隔著一張桌子，面對面坐著談話。

「沒錯。在開始之前，我先做個自我介紹吧。我叫田川邦彥，是個轉生者。」

「我叫櫛谷麻香，也是個轉生者。」

「我叫梅拉佐菲。我本人並不是轉生者，但我跟那三位轉生者大人關係匪淺。」

我們先做了簡單的自我介紹。

因為雖然我和麻香都很在意梅拉佐菲這個人，但說不定他甚至連我們的名字都不知道。

此外，我還有一件必須確認的事情。

「雖然你可能不記得了，但我們是你在十年前左右毀掉的村子裡，唯二的倖存者。」

「我當然還記得。」

梅拉佐菲一邊點頭一邊這麼說。

太好了。要是他說不記得的話，我還真不知道該如何是好。

對我和麻香來說，那是足以改變人生的重要事件，而那對梅拉佐菲來說似乎也不是不值得記住的小事。

萬一他認為不值得記住，我可能會忍不住動手打人。

因為我已經告訴麻香，說我不是來打架的，所以還是會努力忍耐。

……雖然我不確定自己忍不忍得住就是了。

「既然你還記得，那就好說了。我們的故鄉為什麼非得被毀滅不可？我希望由你來告訴我原因。」

「原來如此……」

聽完我的要求，梅拉佐菲陷入沉思，反應看起來非常理智。

我果然沒有猜錯，這名男子不是會擅自毀滅一個村子的惡人。

我們的故鄉之所以被毀滅，肯定有著某種理由，而梅拉佐菲只是接到別人的命令，負責去做這件事罷了。

「……你問這個是要做什麼？」

「就是為了決定自己該怎麼做，我才想要問個清楚。」

我回答梅拉佐菲的問題。

「我明白了。就算聽了可能會覺得不舒服，你也確定要聽嗎？」

「確定。」

我想也不想就答應下來，讓梅拉佐菲大大地嘆了口氣。

對梅拉佐菲來說，那應該也不是讓他覺得心裡舒坦的事情吧。

雖然他是害我失去父母與故鄉的仇人，但這種態度讓我頗有好感。

在此同時，我的心情也變得很複雜。

如果他是個讓人更想痛扁的混帳，我或許就能毫無煩惱地戰鬥了吧。

「就算要說，我也不知道該從何說起……請兩位稍待片刻。」

說完，梅拉佐菲起身離開房間。

然後，當他回來的時候，雙手各拿著一個杯子。

「因為這件事可能要說很久。」

他把杯子擺在我和麻香面前。

這人未免也太貼心了吧！這傢伙肯定很有女人緣！

「……謝了。」

「那我就不客氣了。」

雖然總覺得有點難以釋懷，我還是姑且向他道謝。

麻香立刻拿起杯子，喝了一口裡面的飲料。

畢竟她是那種有得拿就會拿，完全不會客氣的人……

我曾想過要是裡面有下毒該怎麼辦，但梅拉佐菲若想殺死我們，根本用不著做那種拐彎抹角的事情。

我也學麻香喝了一口飲料。

喝起來像是蘋果茶的味道。

「我會儘量說得客觀一點，但立場還是難免會比較偏向魔族。這點還請兩位多多包涵。」

說完，梅拉佐菲開始娓娓道來，整件事的來龍去脈就跟他事前警告過的一樣，讓人聽了不太舒服。

我現在的心情可說是糟到了極點。

梅拉佐菲說了很久。

畢竟整件事的起因是魔族的內亂。

這件事跟我們的故鄉沒什麼關係，但他似乎覺得從那裡開始講起會比較好。

我和麻香默默地聽他說了下去。

據說為了對抗魔王，魔族內部組成了一支叛軍，而妖精也有暗中提供協助。

而岡姊似乎也是那群妖精的一員。

結果叛軍輸給魔族的正規軍，包含岡姊在內的妖精們被困在魔族領地，如果情況沒有發生變化，根本無法活著回到人族領地。

而那些妖精遇到最大的阻礙，就是魔族領地與人族領地之間的人魔緩衝地帶，以及住在那裡的部族。

據說那群人遇到陌生人就會直接殺掉他們，靠著搶奪別人身上的財物過活，就跟盜賊集團沒什麼兩樣。

……他說的好像就是我們的故鄉。

真的假的？

在魔族眼中，我們的故鄉原來是那種可怕的地方嗎？

雖然我驚訝得說不出話，但麻香倒是毫無感覺。

「因為那些人看起來就很野蠻不是嗎？」

「不會吧……」

這似乎是麻香對那些鄉親的印象。

我問了才知道，麻香似乎很想快點離開那個村子。

不會吧……這不是真的……

在我眼中，部族的男人們都是既強悍又帥氣的大人，難不成是我美化了自己的記憶嗎？

雖然意外得知不想知道的故鄉真面目，讓我們有些偏離正題，但梅拉佐菲又繼續說了下去。

如果要讓岡姊平安逃回人族領地，就只能先一步毀滅我們的故鄉，藉此確保她的安全。

「等一下。為什麼你們當時不直接活捉老師就好？」

「我們不是不那麼做，是沒辦法那麼做。這都是因為波狄瑪斯・帕菲納斯的特殊能力。」

梅拉佐菲如此回答麻香的問題。

我也見過妖精族長波狄瑪斯，聽說那傢伙就是把這個世界搞得一團亂的元凶。

而且他的特殊能力是占據別人的身體。

雖然不是任何人的身體都能占據，但據說只要滿足條件，波狄瑪斯就能覆蓋掉對方的意識，像是操縱自己的身體一樣加以操控。

而岡姊也滿足那個條件，一旦她被活捉，波狄瑪斯就會在那瞬間占據她的身體。

「……這能力還真是下流。」

「因為這個緣故，我們才沒辦法對老師出手。」

聽過若葉同學的說明，我早就明白那些妖精都是混帳，但聽到更多事情後，我才知道波狄瑪斯的能力有多麼惡毒。

這能力完全反映出他那種下流的個性。

不過，原來如此……

「雖說是間接的，想不到我們的故鄉會毀滅，居然是因為岡姊的緣故。」

雖然岡姊本人完全沒錯，但我的心情依然很複雜。

「那當然也是原因之一，但你們兩個在那裡也是一個原因。」

「咦？是我們害的嗎？」

「說是你們害的其實並不正確。那裡是魔族與人族相鄰的邊界，如果魔族與人族開戰，那裡會是最先變成戰場的地方，到時候那個部族肯定會毀滅。雖然老師那件事確實讓那裡提早毀滅，但我們那麼做的目的，同時是為了讓你們這兩位轉生者提早逃離將來會變成戰場的危險地區。而且我們也不能讓正在蒐集轉生者的老師遇見你們。」

「怎……怎麼會這樣……」

我驚訝得說不出話。

這是什麼意思？

我們的故鄉會毀滅，跟我們也有關係嗎？

只有我和麻香逃過一劫，也是因為我們是轉生者嗎？

「哈哈……難道我們這些轉生者其實是瘟神嗎？」

「我剛才也說過，那個部族遲早會因為被捲入戰火而滅亡。」

聽到我如此自嘲，梅拉佐菲說了安慰我的話。

拜託別這樣。

你是我的仇人，拜託別對我這麼溫柔……

「當時的情況大概就是這樣了。」

說完，梅拉佐菲做出總結。

就跟他事先警告過的一樣，聽完這些話後，我的心情可說是糟透了，但也因此想通了許多事情。

我現在完全明白像梅拉佐菲這麼強的傢伙，為什麼會毫無前兆就突然襲擊我們了。

他當時突然襲擊我們的原因，是我一直以來的疑惑。

我總算明白為什麼我們的故鄉會突然毀滅了。

這些疑惑終於得到了解答。

雖然我也不曉得知道答案是不是好事。

「……我有我的理由。可是，這無法改變我毀滅你們的故鄉，還殺光你們的親朋好友的事實。你們有權利恨我。」

說完，梅拉佐菲站了起來。

「我無法向你們道歉，也不能隨便奉上自己這條命。可是，我也不會拒絕你們的挑戰。我隨時願意與你們一戰。」

說完，他就離開房間了。

他是在關心我嗎？

為了鼓舞心情低落的我，才會說出最後那句話嗎？

我不是說過了嗎？你是我的仇人，拜託不要對我那麼溫柔……

「……我明明是為了決定自己該怎麼做，才會跑來詢問真相，這樣不是反倒讓我更不知道該怎麼做了嗎？」

麻香默默地把手放在我肩上。

梅拉佐菲幫我們倒的飲料，已經一滴都不剩了。

幕間　夏目健吾

山田等人離開後，我也立刻走出那間屋子。

其他同學應該也不曉得該如何面對我。

早在我跟山田等人談話時，就感受到的那種冷漠氛圍，讓我明白了這點。

如果一成還在的話，我可能會想要努力與他們談談看。

可是，我已經沒有那種念頭了。

從岡姊口中聽到一成的死訊後，我才澈底對這個世界死心。

在學校裡遇到岡姊時，我很快就向她打聽一成的事情。

岡姊不太願意回答這個問題，我一直纏著她追問，再三央求她告訴我，才終於得到問題的答案，同時也為此感到後悔。

一成……櫻崎一成是我的摯友，可說是我的另一半。

當我得知一成早就離開這個世界時，這個世界就失去了色彩。

「喂～你怎麼擅自跑出來了～？」

漆原跟在我後面追了出來。

「幹嘛？妳找我有事嗎？」

「沒事～雖然沒事……」

「那我要做什麼應該都無所謂吧？妳別來管我。」

「……因為我覺得要是放著你不管，你可能會去死。」

聽到漆原這麼說，我不屑地笑了出來。

「我才不會死。只要你們沒殺了我，我就會繼續活下去。」

「……這樣啊。」

我繼續邁出腳步。

可是，漆原也默默跟了上來。

……難道這傢伙是在擔心我嗎？

擔心我這個做了那麼多壞事的傢伙？

哈哈！看來這傢伙也跟她主人一樣天真呢。

「……你為什麼會變成那種人？」

也許是受不了這種沉默，漆原直接這麼問我。

「你們都身處在還不錯的環境之中，身旁還有境遇相同的傢伙。不光是山田。被抓來這裡的那些傢伙也不愁吃穿，還有一群互相理解的同伴不是嗎？……我身邊卻一個人都沒有。」

到頭來，這就是問題的根源。

我在前世過得很幸福。

對人生沒有任何不滿。

根本不想轉生到異世界。

與其轉生到這種地方，我寧願直接死掉。

「帝國內部早就澈底腐敗了。想要把我當成魁儡，藉此中飽私囊的肥豬到處橫行。在他們的笑容底下，隱藏著醜陋的慾望。不過，因為他們沒有藏好，讓那張臉就只剩下醜陋而已！我身旁都是那種人。聽著那些不想聽的阿諛奉承，我開始對任何人都無法敞開心房，也無法相信任何人。一直待在那種環境下，讓我漸漸覺得努力保持理智是件傻事。」

那個質樸剛健的帝國已經是過去式了。

那些軍閥貴族只想追尋前任劍帝的影子，完全放棄我那個身為劍帝的父親，讓那些只想中飽私囊的宮廷貴族得以橫行。

如果沒有魔族這個共通的敵人，帝國內部早就分崩離析了。

在這種爛國家裡當王子？

為什麼我非得成為那種人不可！

誰要當什麼由古．邦恩．連克山杜啊！

比起那種狗屁身分，我更想繼續當夏目健吾！

所以我才會這麼想。

這只是一場惡夢。
既然這是一場夢，那我應該可以為所欲為吧？
如果這樣都無法如我所願，那我只要把這一切都摧毀掉不就行了嗎？
只要能過得稍微開心點，我就連在這種狗屁世界活下去的理由都沒了。
假設不能如我所願，就代表這個世界果然是場爛到不行的惡夢。
對我來說，這個世界就只是這樣罷了。
「可是啊，遇到岡姊、後來又遇到你們的時候，我其實相當開心。」
可以遇到前世的熟人，我是真的很開心。
「但看到你們完全融入這個世界，過得那麼開心，就讓我覺得不爽。」
為什麼這些傢伙可以活得這麼積極？
他們接受了要在這個世界活下去的事。
可是我無法接受。
如果一成還活著，我或許有辦法接受。
假如他還活著，應該會說著「真拿你沒辦法呢」，並接受真實的我，聽我抱怨這個世界吧。
說出內心的怨言，讓不滿得以發洩後，我說不定就能積極過活了。
可是，一成已經不在了。

「愛得越深，恨得越深。我覺得自己遭到背叛，心中充滿恨意。我尤其痛恨山田，因為他是你們的核心人物。」

我們明明都是王子。

為什麼我跟他受到的待遇差這麼多？

這太沒道理了。

我要讓他稍微感受到跟我一樣的痛楚。

「這理由很無聊吧？妳會看不起我嗎？」

「是啊。說實話，你只是在遷怒罷了。」

「沒錯。我就是在遷怒。」

我回頭一看，剛好對上漆原冰冷的眼神。

可是，不管她是怎麼想的，我也覺得無所謂。

我覺得一切都無所謂了。

就連自己是生是死都無所謂。

「總之，你就是欠人教訓。」

「什麼？」

漆原伸手搭住我的肩膀，硬把我的身體轉了過去。

「哼！」

「嗚哇……！」

這傢伙！

她剛才就打過了，現在又這樣隨便揍人！

「看來我得直接用拳頭矯正你那種扭曲的個性才行！就算把你打醒了，我也會一輩子揍個不停，作為對你的懲罰！」

「……妳這是什麼意思？說什麼一輩子，這是新的求婚台詞嗎？」

「哼！」

「嗚……！」

我不是說過，別一直亂打人了嗎？

……可惡，痛死了。

幕間　悠莉

「菲米娜小姐。」

回到房間後，我向跟在身後的菲米娜小姐搭話。

早在我被洗腦的時候，我就經常跟這個人碰面了。

雖然我知道她不是帝國軍的人，卻沒想到她是魔族軍的一員。

我竟然連這種事情都沒有發現，看來被洗腦也會讓人的目光變得狹隘。

所以我必須反省，學習從各種角度看事情！

「俊同學剛才說的那些話是事實嗎？」

我探頭看向菲米娜小姐的眼睛，問了這個問題。

雖然菲米娜小姐稍微把上半身往後仰，就像是要躲避我一樣，但我又進一步把臉靠了過去。

「呃……妳靠得太近了。」

「回答我。」

「我會回答妳。可是，妳可以離我遠點嗎？」

我筆直注視著她的眼睛，但她卻別過了頭。

我相信她說的這句話，往後退了一步。

因為有顆相信別人的心是很重要的事情。

「……先說好，我只是從主人和魔王大人口中得知這些事，無法確認這些事是不是事實。」

菲米娜小姐嘆了口氣，同時重新坐好，做出這樣的事先聲明。

「關於這個世界的現況、系統以及過去發生的事情，我無從確認那些話到底是不是事實。」

「確實如此。」

經她這麼一說，我發現確實是這樣沒錯。不管別人是怎麼說的，我們都無法確認那些事是不是真的。

雖然前世的網路上充滿了情報，但也有許多真假不明的情報。

不但如此，就連學校教給我們的東西，我們也無法確認到底是不是真的。

歷史課就是如此，因為沒人親眼見證過以前發生的事情；化學課也是一樣，因為沒人可以直接看到原子。

這樣一想，我就覺得自己想要相信什麼樣的事實才是重點。

「如果這樣也無所謂，我是可以把自己知道的事情告訴妳，妳要聽嗎？」

「麻煩妳了。」

「我明白了。」

說完，菲米娜小姐就把自己知道的一切都告訴我。

菲米娜小姐很擅長說話，把重點說得很清楚，卻又沒有夾雜私情與個人的觀點，淡淡地說著。

拜她所賜，讓我很順利地消化了她所說的話。

「我知道的事情大概就是這些了。」

「是嗎？謝謝妳。」

聽完她說的話，我抬頭看向天空。

傷腦筋，我現在腦袋裡一團混亂。

像這種時候就要……

「咦？妳……妳在做什麼！」

菲米娜小姐叫了出來，但只要我這麼做，內心就會非常平靜。

我做的事情，就是用指甲劃破自己的手腕。

也就是所謂的割腕。

「快點止血！不！先用治療魔法再說！」

菲米娜小姐迅速做出應對，在一瞬間就治好了我的傷，但流出來的鮮血與痛覺的餘韻並沒有消失。

多虧了用指甲劃破肌膚那瞬間感受到的冰冷，我重新冷靜下來了。

之後隱隱傳來的痛楚與傷口上的灼熱感，又讓我有種安心的感覺。

雖然最近都沒有這麼做了，但我以前經常這樣讓自己冷靜下來。
因為這個世界有治療魔法，所以完全不會留下傷痕，真的是很方便呢。
《熟練度達到一定程度。技能〈痛覺減輕LV8〉升級爲〈痛覺減輕LV9〉。》
「啊啊……」
我聽到那聲音了。
這是神明大人的聲音！
「沒錯。不管事實真相是什麼，神明大人都是存在的！我能聽到神明大人的聲音！」
我對著天空伸出雙手。
雖然頭上只有天花板，但我看的是更遙遠的天空，是那個更高的地方！
「我的信仰就在這裡！神明大人！神明大人萬歲！」
神明大人是存在的。
我能聽到神明大人的聲音。
雖然我不明白到底什麼才是事實，但是在我的心目中，只有這件事是無可撼動的事實！
即便神言教是個充滿謊言的宗教，我對這位神明大人的信仰依然是真實的！
我根本沒必要煩惱！
因為我從一開始就知道答案，我的信仰沒有一絲動搖！
「讚美吧！信仰吧！神明大人！那個尊貴的名字！莎麗兒大人！天啊！莎麗兒大人！」

天啊！我竟然可以讚頌那個尊貴的名字！這是多麼令人歡喜的事情啊！

我想要找個人分享這樣的喜悅！

「菲米娜小姐！妳也一起來讚美吧！」

「咦！不……不用了。我還是算了吧……」

怎麼這樣……

5 世界任務

那件事突然就發生了。

在魔王與黑重新和好，氣氛緩和下來的下個瞬間——

魔王的表情再次變得嚴肅，吸血子與鬼兄也露出驚訝的表情，眼神到處亂飄，像是要努力聽清楚某人說話的聲音。

這時我就有種不好的預感了。

我立刻命令分體，叫牠們入侵系統。

然後查看天之聲（暫定）的歷史紀錄。

看到在場這三個人的反應，我猜八成是天之聲（暫定）做出某種啟示了吧。

結果我猜對了。

呃……我來看看天之聲（暫定）說了什麼。

世界任務開始。

為了防止世界毀滅，請阻止企圖犧牲人類的邪神的計畫，或是要幫助邪神也行。

啊，D那個臭傢伙……

竟然做出這麼誇張的事情！

可惡啊……！

啊～該死！真虧她下得了手！

雖然我知道她應該會有動作，卻沒想到她會做出這麼大膽的事情。

這個任務裡的邪神就是在說我對吧？

邪神的代名詞應該是D吧！那個可惡的臭邪神！

我知道站在D的角度來看，保持現狀一點意思都沒有。

所以，我早就猜到會有這種結果。

雖然我有猜到，但這不代表我不會覺得不爽。

就算聽到別人說：「我現在就要揍妳了喔！要揍了喔！」也擺好架式準備挨打了，但實際被人揍下去，也還是會覺得很痛、很不爽吧。

我心目中的理想情況是，就這樣什麼事都沒發生，讓我暗中搞定一切達成目標。

簡單來說，只要能在不被任何人發現的情況下毀掉系統，就等於是我贏了。

當人們發現的時候，系統已經瓦解了，雖然系統崩壞的餘波會讓很多人死掉，但世界和女神

都會因此得救。

雖然對於死傷慘重的人類來說，這就像是一場突然降臨的巨大災難，但對我來說卻是最輕鬆簡單的做法。

可是，你覺得D會讓我這麼好過嗎？

不，不可能。

畢竟以遊戲來比喻的話，這就像是最後頭目偷偷做壞事，而因為毫無提示，主角完全沒發現這件事，因此遊戲就突然結束了一樣。

只有爛遊戲才會這樣。

在這種遊戲之中，肯定會有告訴主角「最後頭目在偷偷做壞事喔！不去阻止他不行！」這樣的提示。

然後，主角等人才會為了阻止最後頭目的陰謀挺身而出！

要是在毫無提示的情況下突然設定時間限制，讓主角在毫無關係的地方冒險時突然結束遊戲，就不能算是遊戲了。

可是，對最後頭目來說，其實那樣比較輕鬆～

為什麼最後頭目非得給可能與自己為敵的傢伙提示不可？

想也知道是默默地暗中行動比較好吧。

我覺得在遊戲裡當壞人實在太不利了。

而且就算這個世界有著能力值之類的遊戲元素，也依然是現實世界。

那我也沒必要照著遊戲去做不是嗎？

當然是偷偷來比較好。

哇哈哈哈！你們現在才發現已經太遲了！

其實我是想要這麼做的……

這個世界不是遊戲。

可是，這裡是神的遊戲盤～

真的是很讓人討厭。

這樣就具備得以讓遊戲成立的條件了。

問題來了。

如果我是遊戲的最後頭目，那跟我敵對的勢力是誰？

第一個當然是教皇。

教皇是為了人類，尤其是其中的人族在行動的。

就算說他是人類的守護者也不為過。

他肯定會跟準備危害人類的我為敵。

我不可能有辦法說服他。

那人被魔王稱作「精神上的怪物」，想要擊垮他的意志是不可能的事情。

畢竟上了年紀的頑固老頭根本聽不進人話。

教皇難搞的地方在於，他絕對會站在敵對那方，卻擁有支配者技能之中的「節制」。

他握有一把能開啟系統的隱藏選單、讓系統瓦解的金鑰，也就是支配者權限。

七大罪系技能與七美德系技能都擁有支配者權限。

只要把名為支配者權限的金鑰全數開啟，就能引發系統崩壞。

如果是現在的我，若要用強硬的手段破解金鑰，並非辦不到的事情。

但事實上，我無法預測那麼做會造成什麼不好的影響。

所以，如果要採取保險對策，最好是掌握所有的支配者權限。

而敵方握有其中一把金鑰，所以讓我很傷腦筋。

如果想要取得節制的支配者權限，就只能說服教皇，請他主動讓給我，或是直接殺掉教皇。

不過～我已經說過了，想要說服教皇是不可能的事！

因此，教皇的未來已經顯而易見了。

此外，肯定會與我為敵的人還有巴魯多。

也就是至今一直輔佐魔王的那個男人。

意外嗎？

並沒有。

巴魯多一直為了魔族鞠躬盡瘁。

雖然努力的方向有所不同，但他跟教皇，還有為了魔族奮鬥的亞格納有著共通點。

巴魯多會跟隨魔王，是因為他認為那是對魔族最好的選擇。

比起跟魔王這個絕對的強者為敵，不如迎合魔王，避免她把矛頭指向魔族。

如果事情關係到魔族的存亡，他應該會下定決心與我為敵才對。

畢竟就連面對困難的選擇——挑戰魔王後直接滅族；或是付出慘重犧牲與人族開戰，但得以保留一線生機——巴魯多都有辦法做出決定。

……雖然他的胃可能會破個大洞就是了。

教皇與巴魯多——

人族與魔族的代表人物都肯定會與我為敵。

換句話說，這就代表絕大多數的人族與魔族都會與我為敵。

不過，早在任務宣言中用了「人類」這個同時涵蓋人族與魔族的詞彙時，就能猜到雙方的代表人物都會處理這件事了。

可是，還有個傢伙比他們要關鍵多了。

「唉……」

那人就是在我眼前的黑。管理者邱列迪斯提耶斯抬頭看向天空，深深地嘆了口氣。

黑看著天空開口說話。

「……我早就猜到大概會是這麼回事了。只要讓系統瓦解，這個世界就會得救。你們提倡的拯救世界之道應該不是謊言。可是……」
說到這裡，黑暫時停了下來，筆直地看向我的臉。
「那也不是不需要付出任何犧牲，就能澈底拯救這個快要毀滅的世界的方法。」
說出這些話的同時，他緩緩站了起來。
魔王與鬼兄也跟著站了起來，現場突然瀰漫著緊張的氣氛。
吸血子？那傢伙還是一樣，被我的蜘蛛絲綁得死死的……
「愛麗兒。延續剛才的話題，我贖罪的方法還是跟過去一樣。那就是完全尊重莎麗兒的願望。過去是如此，將來也是如此。所以……」
黑暫時將目光從我身上移開，注視著魔王。
「如果有人想要踐踏莎麗兒的願望，不管對方是誰，我都不會容許。即便如此，妳還是要這麼做嗎？」
「嗯。我早就這麼決定了。對不起。」
聽到黑這麼問，魔王想也不想地就如此回答。
這種果斷說明了魔王的覺悟。
「別跟我道歉。該道歉的人是我。事情會變成這樣，都是因為我不中用。」
黑露出既溫柔又寂寞的笑容。
「抱歉。」

雖然黑從剛才就一直在道歉，但這句抱歉裡的意義與情感，應該是今天最多的一句吧。

然後，黑像是要斬斷那些情感一樣，變得面無表情，並將目光從魔王身上移開，再次注視著我。

「妳還記得我過去說的話嗎？」

就算他這麼說，我也不知道他是指什麼時候的事情。

「如果妳走的路通往我所不期望的結局，那我恐怕就會阻擋在妳面前。」

雖然黑應該沒有聽到我的心聲，但他沒有停頓太久，就說出了當時那句話。

我記得這句話是在沙利艾拉國與歐茲國打仗時——更精準地說，是在魔王亂入戰場跟我打了一架後，黑跑來找我時說過的話。

當時我和魔王還是敵人，黑曾經幫了魔王一把。

但我還是活了下來，他才會跑來向我道歉。

他還順便拜託我停止攻擊魔王。

我當時沒有答應他的要求，然後他就對無能為力的自己感到沮喪。

我看他可憐，就模仿某位邪神給他建議，告訴他「你只要做自己想做的事就對了」。

這句話似乎讓黑振作了起來，之後又給了我一個忠告，也就是這句話。

「看來那一刻就是現在。」

……我就知道會是這樣！可惡啊！

我和黑幾乎是同時行動。
黑筆直地衝向我，揮出拳頭攻擊。
雖然鬼兄想要衝進來幫我擋下那一拳，但他沒能趕上。
因為黑是貨真價實的神，速度快得連鬼兄都跟不上。
實力減弱的魔王就更不用說了，她甚至來不及做出反應。
在以零點幾秒為單位的世界中，我盡可能做了最多的事情。
不是針對眼前的黑，而是針對其他的各種雜事。
這種做法當然讓我無法應付眼前的黑，胸口被他輕易貫穿。
黑的手臂正好貫穿心臟所在的位置。
照理來說，我應該會當場斃命。
「我可不認為這樣就能殺死妳。」
可是，同樣身為神的黑當然也不認為這樣就能殺死我，立刻繼續展開追擊。
周圍的景色在一瞬間完全改變。
我們來到某個未知的地方，看起來像是在近未來城市的馬路上。
魔王他們不在這裡。
不但如此，這裡看起來明明像是都市，卻只有我和黑兩個人。
這是空間轉移。

不，這裡八成不是現實世界，而是在異空間裡創造出來的領域。

就跟我用來存放分體們的異空間巢穴一樣。

我被他丟在異空間的堅硬馬路上。

咕哇！

雖然我是神，但肉體遭到破壞，還是會受到傷害。

因為我還是個菜鳥神，讓這種情況更為顯著。

一旦心臟遭到破壞，傷害也會更大。

儘管還是死不了就是了！

……仔細想想，在我成神之前，就曾經被人打到粉身碎骨，要不然就是只剩下一顆腦袋在海上漂流，只有心臟被貫穿應該算是輕傷吧？

只是這種程度的傷對我來說，真的很不痛不癢。

但就算是不痛不癢，我也不想被人這樣暴打就是了！

可惡！這傢伙下手還真狠！

不過，我早就知道事情遲早會走到這一步。

到頭來，我們最重視的東西還是不一樣。

我和魔王重視的是女神的存在。

黑和女神重視的是女神的願望。

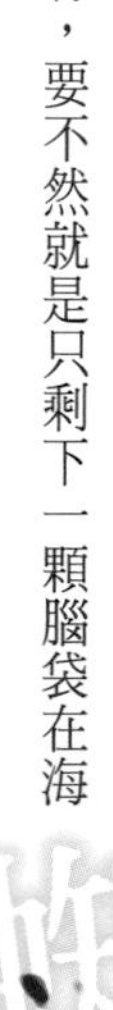

我們想要拯救女神的存在，卻無視女神本人的願望。

黑則是想要尊重女神的願望，為此可以默認女神的消失。

既然重視的東西完全相反，產生衝突就是必然的結果。

難道不是嗎～

把問題變得複雜的頭號戰犯，就是女神本人呢～

我們明明為了拯救女神做了許多事情，但女神本人卻無視自己的安危，想要為了保全人類而犧牲自己。

我們想要拯救的當事人，一點都不想要得救。

而且我們拯救女神的手段，還是虐殺人類這種違反她意願的事情。

也難怪女神會生氣。

我們想做的事情，在旁人眼中應該是壞事吧。

可是，我還是要這麼做。

因為那是魔王的願望。

即便要與全世界為敵、即便會被自己想救的人怨恨，魔王依然決定要這麼做。

總得有人站在魔王那邊吧？

我早就做好這樣的覺悟了！

可是，這樣還是太過分了吧！

我知道自己遲早得跟黑對決，但我以為這一天不會來得這麼快！

人家還沒有完全準備好耶！

我才剛跟妖精族打完一仗，連戰後的善後工作都還沒搞定，正處於忙碌的時期耶！

在這種時候跟黑動手，我怎麼可能以萬全的狀態迎戰！

D那個可惡的傢伙！

她總是故意讓我陷入不利的情況！

黑一腳踩了下來，想要把我踩碎，而我滾到旁邊躲開。

「轟隆！」一聲巨響傳來後，黑的腳已經陷入我剛才躺著的地方了。

完美鋪平的地面出現裂痕。

雖然地面沒被他澈底踩碎，但千萬不能小看這一腳的威力。

這裡是黑創造出來的異世界。

要是用正常的物理法則去看待，可是會嚐到苦頭的。

我想，要是挨了那一腳，我全身的骨頭應該都會被粉碎吧。

在翻滾的同時，我用手撐地站了起來。

胸口的大洞已經治好了。

這種程度的瞬間再生能力，對神來說只是小菜一碟。

可是，拜託暫停一下好嗎！

黑的拳頭逼近眼前，我將上半身往後仰，勉強躲過這一拳！

看我這招鮑步滑行（註：一種成弓箭步姿勢的雙足滑行動作）！

駭客任務的招牌躲子彈動作！

然後直接雙手撐地做出背橋姿勢！

用大法師步法逃離戰場！

你說這樣很噁心？

我現在哪裡顧得了那麼多啊！

等等，黑先生，你下手也未免太狠了吧！

才剛接到D發出的世界任務，就立刻翻臉不認人，還把我拉進自己的領域，接著發動激烈的攻勢，連喘口氣的時間都不給我。

這可不是強者該有的做法啊！

既然身為強者，就應該跟某個金閃閃（註：《Fate》系列中的角色）一樣輕敵才對！

更何況，你還是比國王偉大的神！

我像是蟑螂一樣逃跑，但黑瞬間就追了上來，一腳踢在我背上。

咕哇啊！

我好像聽到人體不該發出的聲音了！

這一腳真的不是鬧著玩的！

我被黑一腳踢飛到空中，接著又被一拳打在身上。

這一拳完全命中心窩，再次打穿我的身體。

哈哈哈。

就算展開防禦結界也毫無意義～

我好像不該笑的。

現在這種情況真的不太妙。

身體的動作就像是泡在水裡一樣遲鈍，連想要防禦都做不到。

我的身體之所以變遲鈍，是因為這裡是黑的領域。

只要待在這裡，除了身為主人的黑之外，任何人都無法完全發揮實力。

而我的防禦之所以變得毫無意義，是因為黑的結界抵銷了我的結界。

只有真正的龍族，才擁有這種真正的龍結界。

這種結界擁有外掛級的效果，可以直接讓所有魔術都失效。

如果用來防禦，就能讓攻擊系的魔術失效；如果用來攻擊，就能像現在這樣讓對手的防禦失效。

簡直就是作弊。

太卑鄙了。

明明擁有這麼作弊的能力，還以萬全的狀態對我展開攻勢。

反倒是我的狀態，離萬全還差得很遠！

不會輕敵的強者實在太難搞了～

我原本打算在將來準備跟黑一決雌雄的時候，先把他拐到我的領域之中，結果現在完全反過來了～

太扯了～

呼……

就算抱怨也沒辦法解決問題。

既然事情變成這樣，那也沒辦法了。

雖然發生了許多意外，但我要做的事還是沒變。

我要擊敗黑，推動世界再生計畫。

「唔。」

我抓住黑貫穿我胸口的手臂。

同時讓下半身變成蜘蛛型態，用前腳上的鐮刀砍了過去。

黑甩開我的手，拔出手臂退到後方。

因為領域效果的緣故，鐮刀的速度變得緩慢，被他輕鬆躲過。

他明明還有龍結界保護，就算不躲開也沒關係。

這代表他就是這麼提防我吧。

不過，這也讓我成功拉開距離。

雖然這裡是黑的領域，拉開距離其實沒有太大的意義就是了。

畢竟神創造出來的領域，就等於是在那個神的體內。

這會給自己帶來優勢，讓對手陷入劣勢。

只要待在這裡，黑的優勢就不會改變。

不過，我也不會一直挨打。

白蜘蛛從我腳邊的影子不斷爬出來。

數量多得嚇人。

像是要把整個空間啃食殆盡一樣，白蜘蛛每次出現，領域就逐漸變得扭曲。

「別想得逞！」

黑舉起拳頭衝了過來，但白蜘蛛也立刻散開。

身為本體的我當然也退到後方，閃避黑的攻擊。

分散到四面八方的白蜘蛛又叫出更多白蜘蛛，那些新出來的白蜘蛛又叫出更多的白蜘蛛。

白蜘蛛的數量呈現指數性的成長。

這些白蜘蛛不斷啃食著黑的領域。

「這些傢伙竟然這麼厲害……」

嘿嘿嘿嘿嘿！

你以為我會白白挨打嗎！

……騙你的。

我是真的被揍得很慘。

但我還是有操縱分體，做好從外側入侵黑的領域的準備！

被打出大洞的胸口逐漸復原。

呼……真正的戰鬥現在才要開始！

那種被人痛打一頓的記憶，我早就忘光了！

「哼！」

黑小聲咂嘴。

雖然他朝我的本體衝了過來，但我也不斷後退，不讓他拉近距離。

黑衝過來的速度，跟我後退的速度不相上下。

我的身體已經不像剛才那麼遲鈍了。

空間魔術高手之間的戰鬥，就類似於搶奪陣地的比賽。

也就是要擴展自己的領域，並且防止對手擴展領域。

而那些身為我分體的白蜘蛛，現在正以驚人的速度覆蓋掉黑的領域，重新轉換成我的領域。

哇哈哈哈哈！

我專心鍛鍊這種能力，可不是練假的！

別小看只練一招的傢伙！

黑迅速衝了過來，我用同樣的速度後退逃跑。

在這段期間，分體又召喚出其他分體，不斷覆蓋掉黑的領域。

看來在空間魔術這方面是我比較厲害，讓我鬆了口氣。

要是在這個階段輸掉，我就沒戲唱了。

因為如果不能至少在空間魔術這方面跟黑打成平手，我就完全束手無策了。

只要回想一下我剛被拉進這個領域時的慘狀，就能明白領域這種東西到底有多可怕了。

畢竟這種東西可以給自己附加增益效果，並給對手附加減益效果。

如果沒有對抗的手段，就會毫無反擊之力。

所以對神來說，空間魔術是必備的技能。

這是跟上位神戰鬥的前提條件。

只能稱作站上起跑線罷了。

如果沒有不輸給對方的空間魔術，就連與之對戰的資格都沒有。

雖然我的空間魔術比較厲害是值得高興的事，但這個優勢也被剛開戰時受到的傷害抵銷了。

因為沒有搶到先機，我展開領域的速度很慢。

雖然有成功覆蓋掉黑的領域，但速度不是很快。

如果沒有做好打長期戰的心理準備，就不可能完全覆蓋掉黑的領域。

而我目前的狀態，其實非常糟糕。

空間魔術不能輸給對方是前提條件。

我成功滿足了這個條件。

可是，因為剛開戰時的差距，我受到了傷害，原本應該把他引到我的領域，卻反過來變成在黑的領域開戰。

更何況，黑的實力比我更強。

如果實力較弱的我想要戰勝黑，就必須在我的領域裡利用這個優勢。

因為我沒能做到這點，所以情況不是很妙。

「唔！」

設置在大樓之間的蜘蛛絲纏住黑的身體。

那是我的分體事先設置好的蜘蛛網。

那當然不是普通的蜘蛛絲。

而是運用了空間魔術、幾乎不可能用物理手段砍斷的絲。

一旦被這種絲纏住，就不可能掙脫。

原本應該是這樣才對～

黑隨便揮了揮手。

光是這麼簡單的動作，我引以為豪的蜘蛛絲就斷裂消失了。

雖然我早就知道會這樣，但仍想看看神被蜘蛛絲纏住並動彈不得的可笑模樣，可惜還是不行。

換句話說，這種絲對能夠消除所有魔術的龍結界不管用。

我的蜘蛛絲是用魔術創造出來的。

該死的作弊結界！

不過，我也只是想著「姑且嘗試看看吧～」，真正的目的是爭取時間。

我抓住黑被蜘蛛絲吸引注意力的短暫空檔，進一步拉開雙方的距離。

現在的當務之急是儘量爭取時間，讓我的領域覆蓋掉黑的領域。

之後再開始反擊也不遲。

而且與其說我做不到，不如說我沒有那麼多閒工夫！

因為我的武器並不多。

以一個號稱是神的傢伙來說，實在是太少了。

就只有空間魔術、分體與邪眼。

只有這些。

躲在我用空間魔術創造出來的異空間巢穴裡，讓無數分體同時展開邪眼攻勢——

我擁有的攻擊手段，幾乎就只有這招。

這也是我唯一能在短時間內練就，並且跟真正的神對戰的手段。

況且我還是個剛當上神的超級菜鳥神，如果要跟身為超級大前輩的黑對抗，就只能專精一招，找尋單點突破的機會。

假設我隨便練了一大堆招式，最後也肯定沒半招能用。

所以，我才會重點鍛鍊自己擅長的空間魔術與邪眼。

不過，這其實是場豪賭。

畢竟我幾乎只有邪眼這種攻擊手段，要是黑有針對這招做好防備，我就毫無勝算了。

雖然我相信這招沒有那麼好防備，但這種可能性並不是零。

所以，跟波狄瑪斯的兵器軍團戰鬥時，我才會不想讓黑見識到這招。

我試著讓一隻分體朝向黑使出邪眼。

「唔！」

嗯？有效果嗎？

從黑剛才的反應看來，他應該沒有能克制邪眼的對策。

這讓我稍微安心了些，但現在的當務之急是覆蓋掉黑的領域，讓我沒有施展邪眼的餘力。

剛開戰時的劣勢，果然造成了巨大的影響。

畢竟那讓我的異空間巢穴和邪眼都被封印，不得不採取守勢。

可是反過來說，就算我被迫處於劣勢，也還是勉強撐了過來。

雖然剛開戰時被痛打一頓，讓我失去了許多魔力，但也沒到無法重整旗鼓的程度。

老實說，我都做好可能會被一擊打死的心理準備了，只受到這種程度的傷害已經很走運了。

黑的攻擊能力沒有我想像中的那麼強。

從黑一直想要縮短距離這點看來，他應該沒有威力強大的遠距離攻擊手段。

畢竟黑還有龍結界，看來他應該屬於防禦型的神。

神是一種不講道理的存在。

因為神就算受傷了，也會在一瞬間就復原。

我被黑打傷的身體，已經完全恢復原狀了。

想要用物理手段對付神，是非常困難的事情。

因為不管是破壞心臟還是把腦袋轟掉，神都會立刻復原，滿血復活。

當然，一旦腦袋被轟掉，就算是神也會暫時失去思考能力。

但只要事先做好對策，自動復活也不是什麼難事。

因為我也有事先做好對策，其他那些號稱神的傢伙也絕對都有做好對策。

想要擊敗這樣的神，有幾種方法。

這些方法大致分成兩種。

不是把對方耗盡，就是粉碎對方的靈魂。

我所知道的粉碎靈魂的代表性招式，就是外道攻擊與深淵魔法。

D竟然毫不在意地把能夠擊敗神的手段做成技能，安裝在系統之中。

這點真是讓我佩服不起來。

那傢伙到底在搞什麼飛機啊？

這種方法對我來說太過困難了，就算想做也做不到。

而D竟然讓不是神的人類使用那種東西。

這點真是讓我佩服不起來。

那傢伙到底在搞什麼飛機啊？

因為這很重要，所以要說兩遍。

靈魂是生物的核心。

要是靈魂被粉碎了，就算是神也無法活下去。

畢竟那可說是神的本體。

諸神之戰的主流戰法，就是粉碎對方的靈魂。

諸神擁有粉碎靈魂的手段，以及防止靈魂被人粉碎的手段。

得找尋對敵人管用的手段，並且找機會用在敵人身上。

大概就是這種感覺吧。

但我沒有那種手段。

我只是靠著密技當上神，累積的基礎不夠多。

所以，我能採用的手段是另一種。

那就是把敵人耗盡。

你問要耗盡什麼？

答案是能源。

能源是神的原動力。

如果說靈魂是神的心臟，那能源就是神的血液。

神可以使用能源引發各式各樣的奇蹟。

就連那種讓受傷的身體瞬間再生的能力，都是使用能源辦到的。

如果能源耗盡了，當然就無法辦到那種事。

換句話說，就是死亡。

我的專長是透過邪眼奪取敵人的能源。

就像是餵毒一樣，慢慢地把敵人逼到絕境。

不過～這種做法有個問題……

因為神就是一群體內累積了許多能量的傢伙呢？

而我又非得讓那些能源耗盡不可？

這可是非常費時的事情喔？

事情就是這樣～

這種把敵人能源耗盡的作法，必須用掉非常多的時間。

而且黑還擁有龍結界。

雖然龍結界應該無法完全阻擋邪眼，卻會讓能源消耗的速度變慢。

而且我還在做事前準備這關，也就是建構異空間巢穴這件事上遇到困難。

黑也沒有足以瞬間擊敗我的攻擊力。

基於上述原因，我得到了一個結論。

那就是這會是一場超級長期戰。

看看誰會先氣力放盡的超級馬拉松比賽開始了。

呵呵呵。我的心好累……

這一戰到底要打幾天才能打完？

說不定得打上一個月？

我想應該不至於打上好幾年才對。

如果需要打那麼久，我敢說先撐不住的人一定是我。

我得設法讓黑先耗盡能源。

我會在被傳送到這個異空間前動了各種手腳，就是因為知道這一戰會打很久。

如果我要專心打這一戰，就得趕快處理好還沒做完的事情。

不過，因為這個緣故，我才會讓黑搶得先機。

而且因為我急著處理，等於是把那些事情都丟給留下來的人去做。

不過，我也沒辦法做到更多了，只希望留下來的人能設法解決問題。

雖然我當然放不下心，但我也沒有在意別人的餘力。

畢竟我的對手是這個世界最強的真神——黑。

在我交手過的敵人之中，他是最強的一個。

老實說，還只是個新神的我，想要挑戰他簡直就是無謀。

可是，早在剛當上神的時候，我就一直把黑當成假想敵，不停地鍛鍊自己。

別以為我會輕易輸掉。

就算說這場戰鬥的勝負會決定世界的命運也不為過。

來吧，讓我們一決雌雄吧！

……還是先買個保險再說吧。

S4 來到異鄉

當我回過神時，已經來到一個陌生的地方。

「嗚喔！」

因為事情來得太過突然，害我發出奇怪的叫聲。

咦？這裡是哪裡啊！

直到上一秒前，我應該都還跟卡迪雅一起待在妖精之里的某個房間。

而我現在卻來到海邊的沙灘。

因為沙地不夠穩固，讓我剛才坐的椅子失去平衡、往後倒下。

經過鍛鍊的身體在這種時候自然做出反應，讓我免於跟椅子一起往後倒。

可是那又如何？

就算能阻止我跌倒，也對解決這種狀況毫無幫助。

我站在倒下的椅子旁邊，茫然地望著大海。

是大海。

妖精之里所在的卡拉姆大森林位在內陸。

離海邊的路程不是只有一兩天而已。

然而，我卻在轉眼之間就被帶來這裡。

我把手伸到自己頭上。

抓住了某樣東西。

我把那東西拿到眼前，跟那東西四目相對。

那是一隻白色的蜘蛛。

我還記得在來到這裡之前，有某種東西掉到我頭上。

憑我的感知系技能，也無法事先察覺這傢伙的存在，因此這傢伙突然掉到我頭上，害我嚇了一大跳。

然後，情況就變成現在這樣了。

犯人肯定是這隻白蜘蛛。

但這隻白蜘蛛現在卻動也不動。

雖然牠好像還活著，卻彷彿用盡了電池一樣。

我試著用手指戳了幾下，但牠還是毫無反應。

「你聽得懂人話嗎？」

我還試著問了這個問題，但白蜘蛛依然動也不動。

既然唯一的線索斷了，看來我是無法解開自己突然被轉移到這裡的謎題了。

我無視這隻毫無反應的白蜘蛛，重新環視周圍。

眼前是一望無際的大海。

水平線一直延伸到無限遙遠的地方，完全看不到島嶼和陸地。

我回頭看向後方，在沙灘後面有一座森林。

樹木擋住我的視線，讓我無法一眼看出這座森林有多大。

不過，因為我看向左右也沒能找到森林的盡頭，可見這座森林應該不小。

「……傷腦筋。」

我原本還在煩惱今後該如何是好，但現在的狀況也在另一種層面讓我不知所措。

……先來釐清現況吧。

在被轉移到這裡之前，我正在跟卡迪雅說話。

我向卡迪雅打聽自己昨天昏過去後發生的事情，並且告訴她關於禁忌的事情。

希望能在交換情報的過程中，找到關於今後行動方針的線索。

就在這時，我聽到那句神言。

《世界任務開始。

爲了防止世界毀滅，請阻止企圖犧牲人類的邪神的計畫，或是要幫助邪神也行。》

聽到這句神言的人似乎不只是我，卡迪雅也嚇了一跳。

我也因為事出突然而被嚇到。

神言只有在等級提昇或技能升級時才能聽到。

過去從來不曾像這樣用來發出任務通知。

就算從整個歷史來看，這種事應該也是頭一次發生吧？

至少我不曾聽說過，歷史上曾經發生神言發布任務這種事。

若是發生這種大事件，一定會記載在神言教的歷史之中。

不，可能是那種歷史也被刪掉了吧。

如果是為了避免讓禁忌的內容廣為人知，甚至不惜澈底殺光擁有禁忌之人的神言教，就很有可能這麼做。

不過，在我出生至今的這段期間，系統從來不曾發布世界任務這種東西，既然上個世代的人也不曾提到這種事，那這種情況肯定不太正常。

雖然過去可能也發布過世界任務，但最近幾十年內應該都沒有才對。

換句話說，有大事發生了。

可是……

「我完全被排除在外了……」

我是在世界任務發布的下一瞬間被轉移到這裡。

當我還在為了世界任務感到驚訝時，這隻白蜘蛛就掉到我頭上，害我再次嚇了一跳，然後就被轉移到這個陌生的地方了。

我不只是嚇到，根本就完全嚇傻了。

但我不能一直在這種地方發呆。

我會被轉移到這種地方，肯定跟那個世界任務脫不了關係。

就時間點來看，就只有這種可能性了。

只是，我想不到是誰做出這種事，也不知道對方這麼做有何目的。

關於對方的身分，我還猜得出來。

我很肯定是這隻白蜘蛛把我轉移到這裡，所以對方就是這隻白蜘蛛的主人。

這隻蜘蛛的白色讓我想到某人。

腦海中浮現出某位白色少女。

如果是連尤利烏斯大哥都敵不過的她，想要製造這種情況或許不是難事。

不過，只因為這隻蜘蛛是白色的，就認定蜘蛛的主人是她，可能有些輕率。

現在還是只把她當成嫌犯就好。

因為我今天已經澈底明白，在一無所知的情況下草率行動是很危險的事情。

……沒錯。

我什麼都不知道。

我不知道的事情太多了。

所以，我必須把事情一件件搞清楚。

我原本是這麼想的……

結果遇到這種情況，讓我連想要把事情搞清楚都做不到。

我被獨自丟到這種陌生的地方，也不知道該怎麼回去。

……而且說不定連要活下去都有困難。

因為我沒帶任何東西，身上只有穿著的衣服。

沒有武器，也沒有食物。

如果沒有水和食物，我應該活不了幾天吧？

我得想辦法從周圍的環境取得食物。

可是，沒人保證森林裡有能吃的東西……

想到這裡，我突然感到不安。

繼續在這裡發呆也無濟於事。

我必須先採取行動。

「嗯？」

就在這時，我隱約聽到了聲音。

我側耳傾聽，果然有聽到聲音。

那聲音好像還離這裡越來越近。

而且速度非比尋常。

「親～～愛～～的～～哥～～哥！！！」

「嗚哇……！」

然後，有東西從森林裡衝了出來，我很自然地趕緊躲開。

朝我撲過來的那人順勢一頭栽在沙灘上，我戰戰兢兢地叫了她的名字。

「……蘇？」

「沒錯！我就是哥哥心愛的妹妹，蘇！」

我那個下落不明的妹妹，不知為何出現在這裡。

雖然我有很多話想問她，但聽到蘇說「這裡不方便說話」，我們便決定換個地方。

蘇住的房子似乎就在附近。

雖然我很懷疑她怎麼會住在這裡，但我們才走進森林裡沒多久，就真的來到一塊空地，有間房子就蓋在那裡。

儘管感到一頭霧水，但我覺得蘇肯定會說明清楚，就在她的帶領下走進那間房子。

「歡迎來到我們的愛巢。」

蘇小聲說出莫名其妙的話，但接連遇到這麼多事情，讓我的腦袋有些當機，才沒有追問那句話的意思。

因為想問的問題和不知道的事情太多了，讓我決定把這件事擺在後面。

我完全沒想到，幾分鐘後我就會為此後悔。

「哥哥，跟我一起在這裡同居吧。再也不分開，直到永遠。」

進到這間屋子幾分鐘後，我就被自己的妹妹下藥，接著雙手雙腳都被綁住，身體動彈不得地躺在床上，衣服也差點就要被她扒光。

幕間　卡迪雅

俊消失了。

俊突然消失了！

「咦！不會吧！」

這顆震撼彈讓我把前一秒聽到的世界任務拋到腦後。

我的腦袋瞬間變得一片空白，但我知道現在不該發呆，於是又猛然回過神來。

我立刻展開行動。

衝到悠莉所在的房間。

「怎、怎麼了嗎？」

看到我臉色大變衝進房裡，悠莉嚇了一跳。

但我現在不是要找她，我要找的是另一個人！

「俊消失了！這是你們幹的好事對吧！」

「……什麼？」

我質問那位白衣少女。我記得她的名字好像叫做菲米娜。

她是若葉同學的部下，也是目前留在這間屋子裡，唯一跟若葉同學有關的人。

我知道除了菲米娜之外，還有幾個白衣人躲在屋子裡，但從若葉同學跟她剛才的互動看來，她應該是在場地位最高的傢伙。

俊突然消失這件事，八成是若葉同學他們幹的好事。

不，應該說犯人只可能是他們才對。

這些白衣特務一直監視著我們，想要避開他們的耳目把俊轉移到其他地方，如果不是跟他們有關係的人，就絕對不可能辦到。

而且考慮到時間點，這件事應該跟那個世界任務有關。

因為那個世界任務的通知來得很突然，如果犯人是聽到通知才展開行動，應該沒時間避開那些特務的監視才對。

畢竟俊是在聽到那個世界任務的下一秒就消失不見。

總之，犯人肯定是跟若葉同學他們有關的人！

但我們現在等於是若葉同學他們的俘虜。

我現在必須請菲米娜小姐擔任橋樑，跟若葉同學他們好好談談！

「說！你們到底把俊抓去哪裡了！」

「嗚哇……難搞的傢伙又變多了……」

啊啊啊啊啊！

我心口不一，竟然揪住菲米娜小姐的領口一陣狂搖！
自從取得平行意識的技能後，我有時候就會像這樣做出不同於內心想法的行為。
換句話說，我並沒有完全駕馭這個技能。
雖然我平時都會關閉平行意識，但也會一個不小心就開啟技能，做出這種失控的行為。
這肯定是殘留在我心中的「男性情感」在作祟。
在我腦海中的心聲，男人與女人的口氣也很容易混在一起。
不對！現在不是悠哉地思考這種事的時候！
我、我要和平對話。
現在開始和平對話應該還不算太遲吧？
「卡迪雅……」
正當我內心混亂無比時，悠莉輕輕拉開我揪住菲米娜小姐領口的手。
「不是抓這裡。」
然後，她不知為何把我的手帶到菲米娜小姐的脖子上。
「沒事的。只要抓緊這裡，大多數的人都會乖乖聽話。」
「不，這樣一點都不算是沒事吧？」
……因為被悠莉的言行嚇到，讓我重新冷靜下來。
話說回來，菲米娜小姐明明被我抓住脖子，卻還是一副冷靜的樣子。

她用冰冷的眼神看著悠莉吐槽「一點都不算是沒事」，但卻不為所動。

那副模樣充滿威嚴，讓我為自己的慌張感到羞愧，迅速把手拿開。

重獲自由後，菲米娜小姐迅速整理好自己亂掉的領口。

「……可以告訴我到底發生了什麼事嗎？」

菲米娜小姐沉著冷靜的態度，讓我彷彿看到一個很適合穿西裝的女強人。

嗚，這就是能幹的女人嗎！

她的年紀看起來明明跟我差不多啊！

我感受到莫名的挫敗感，但為了不繼續失態，於是說出剛才發生的事情。

不過，我只說出在接到世界任務之後，馬上就有一隻看起來像白蜘蛛的東西掉到俊頭上，然後他就消失不見的事情。

「白蜘蛛……請兩位稍等。我去問問看。」

說完，菲米娜小姐拿出某樣東西。

那是隻白色的小蜘蛛。

看來犯人果然是這群人。

「主人，您有聽到嗎？有人跑來抗議了……主人？」

菲米娜小姐向那隻白色的小蜘蛛說話。

但那隻白蜘蛛毫無反應。

原本一直面不改色的菲米娜小姐，臉色迅速變得鐵青。
「抱歉，好像有緊急情況發生了。等我搞清楚狀況後，就會立刻向兩位說明，請妳們給我一點時間。」
說完，我們還來不及阻止，她就迅速離開房間。
她的速度很快，像是抓住我們意識到她舉動前的瞬間，就動作俐落地離去。
光是看到菲米娜小姐的身手，就算沒有查看能力值，也能知道她是個強者。
就算我和悠莉大吵大鬧，她也不為所動，因為沒必要做出反應。
我猜菲米娜小姐應該是認為，就算我們兩個一起對付她，她也有辦法擺平吧。
要是隨便跟她作對，或許是很危險的事情。
多虧悠莉說了些奇怪的話，讓我們躲過最糟糕的狀況。
想到這裡，我發現悠莉可能是為了讓我恢復理智，才會故意做出那種事。
「那……妳打算怎麼絞殺那些綁架俊同學的人呢？」
不，看來是我誤會了。她竟然用燦爛的笑容，說出這種恐怖的話。
「不，我不打算絞殺任何人。」
「是這樣嗎？」
「是的。」
悠莉一臉不可思議地歪著頭。原來如此，因為她天生麗質，讓這種可愛的動作對男生很有吸引力。

可是她雙眼無神，身上又散發出一種詭異的感覺。

總之，她有點可怕。

雖然悠莉以前就有點可怕了，但今天的她似乎變得更嚴重。

……我還是別問太多比較好。

君子不立危牆之下。

我決定暫時把悠莉的事情拋到腦後，想想接下來該怎麼做。

當然不是絞殺若葉同學他們。

如果我那麼做，只會反過來被對方絞殺。

可是，我也不能就這樣坐著乾等……

「對了！妳說俊同學被轉移到其他地方了對吧？」

正當我努力思考時，悠莉問了這個問題。

「是、是啊。」

「那我好像知道一個有力的幫手喔！」

「有力的幫手？」

「沒錯！那人就是空間魔法的權威——羅南特大人！」

「嗯。我辦不到！」

我和悠莉立刻跑去找羅南特大人。

若葉同學陣營的人果然也陷入慌亂，就算我們跑出軟禁地點，也沒有任何反應。

雖然我不知道最重要的羅南特大人在哪裡，但我們離開房屋後，很快就遇到夏目與菲，而夏目剛好知道他在哪裡。

夏目好歹是帝國的王子，而羅南特大人是帝國的首席宮廷魔導士，所以他知道羅南特大人在哪裡。

然後，我們問羅南特大人有沒有辦法追上失蹤的俊，但沒有得到想要的答覆。

「為什麼辦不到？」

悠莉迅速逼近羅南特大人。

「沒人知道修雷因王子的下落不是嗎？要是連地點都不知道，那我也愛莫能助了。如果知道他的下落，我可能還有辦法追上。」

「只要知道他的下落就行了嗎！」

菲著急地質問羅南特大人。

羅南特大人被悠莉和菲同時逼問，只能先安撫她們的情緒，然後再重新向我們說明。

「就算知道他的下落，我也不確定追不追得到人。轉移術只能前往術者曾經去過的地方。雖然我親自去過許多地方，但如果修雷因王子身在我從未去過的位置，我就追不上了。」

我們束手無策了嗎？

因為說這些話的不是別人，而是人族最強的魔法師，同時也是世上最擅長空間魔法的羅南特大人。

「對了。」

正當我覺得應該聽菲米娜小姐的話，乖乖在這裡等待時，菲突然在自己手掌上捶了一下。

「那召喚呢？」

「召喚？啊。」

經她這麼一說，我也想起來了。

對了，菲和俊有締結契約！

雖然菲已經人化了，卻依然是屬於魔物的竜，而且還被俊收服了。

如果雙方有締結從屬的契約，那俊就能召喚菲。

「可是，菲有辦法主動發動召喚術嗎？」

雖然只有菲能被召喚過去，但如果只有她一個人的話，就有辦法前往俊的身邊。

「……沒辦法。」

看來是不行。

好像只能由俊來發動召喚術。

「既然山田還沒召喚漆原，不就表示他沒有陷入險境嗎？」

夏目一臉厭煩地這麼說。

「俊可能忘記他還有召喚術能用了吧。」

俊從來不曾實際召喚菲。

而且俊一直把菲當成平起平坐的同伴，從來不曾把她當成使魔對待。

他可能忘記他們曾經締結過契約，也忘記自己能夠召喚菲了。

事實上，我也忘記這件事了。

「更何況，他也可能是遇到沒機會想起召喚術的危險情況。」

「對方有必要做這種拐彎抹角的事情嗎？」

就跟夏目懷疑的一樣，我也覺得俊八成沒有生命危險。

如果若葉同學他們想要殺死俊，根本不需要把他轉移到其他地方，只要直接殺掉就行了。

可以認為他們是出於其他目的，才會把俊轉移到某個地方。

「嗯？小姐，妳跟修雷因王子之間有締結契約嗎？」

「咦？對啊。」

「嗯～」

羅南特大人陷入沉思。

「小姐，方便讓我鑑定一下妳的能力值嗎？」

「鑑定能力值？我是無所謂啦。」

「那我就失禮了。」

菲有一瞬間板起臉孔。

也許是因為遭到鑑定時不舒服的感覺吧。

不過，羅南特大人鑑定菲的能力值，到底是打算做什麼？

「召喚……轉移……把這兩者結合起來……喔？喔喔！這招可行嗎？有機會成功嗎？」

他一邊小聲碎念，一邊不知道在做什麼。

「喔喔！有機會！有機會！就是這樣！沒有什麼事情是絕對不可能辦到的！這招行得通！」

天啊！嚇死人了！

這人怎麼突然變得這麼興奮！

「就在此時此刻！本人要為轉移術的歷史寫下全新的一頁！」

羅南特大人大大地張開雙手。

「既然有辦法召喚，就表示其中存在著轉移的路徑！我要利用那條路徑，轉移到修雷因王子所在的地方！」

這種事情真的辦得到嗎！

所以羅南特大人才要查看菲的能力值嗎！

真不愧是人族最強的魔法師。

我剛才還覺得他有點危險，但他果然是個了不起的人物！

「來吧！我們要出發了！去找修雷因王子吧！」

下一瞬間，景色突然改變。

「嗚哇！」

因為事情發生得很突然，讓我腳步沒有站穩，趕緊伸手抓住了某樣東西，才沒有摔倒在地上。

可是，看到眼前的光景，我因為沒有摔倒而放鬆的心情立刻煙消雲散。

我伸手抓住的東西是床鋪的邊緣。

一位雙手雙腳都被綁住的少年就躺在那張床上，而他身上的衣服正在被人脫掉。

那位半裸的少年不管怎麼看都是俊！

而且正在脫他衣服的人，不管怎麼看都是他的妹妹——蘇！

「你、你們到底在做什麼啊——！」

我叫了出來。

看到這種情況怎麼可能不叫啊！

「婚前性行為是不對的！一定要等到跟神明報告兩人結婚後才行！」

悠莉也叫了出來，只是論點有些奇怪。

「而且蘇是俊的妹妹，你們兩個不能結婚吧！」

難道菲也動搖了嗎？

還有，現在先別管結婚的事情啦！

「給我離開俊！不潔！這樣太不潔了！」

我一把推開騎在俊身上的蘇。

蘇從床上滾落，但她沒有受到傷害，立刻站了起來。

「卡迪雅……重頭戲明明才正要開始，妳、為什麼、要來搗亂！」

雖然音量並不大，但蘇的語氣中充滿非常深的怨念。

「當然要阻止啊！因為你們還沒向神明大人報告結婚的事情！」

悠莉，我說過那不是重點了……

「那不是重點吧！他們兩個是兄妹，本來就不能做那種事吧！」

「又多了一個不認識的女人！為什麼我的哥哥這麼沒節操！」

「妳說什麼！啊！對了！我還是頭一次用這種模樣跟蘇見面！」

蘇對菲發飆了。

對了，菲是在跟蘇分開後才得到人化能力。

蘇只看過菲的小竜型態，當然會覺得俊身旁又多了不認識的女人。

不過，就算她知道菲的真面目，可能還是會覺得有問題吧。

畢竟菲以前還是小竜的時候，就一直住在俊的房間裡，不然就是坐在他的肩膀上，兩人總是形影不離。

「總之，俊同學還要跟我一起去向神明大人報告結婚的事情，請妳把他還給我。」

就在蘇忙著對付菲的時候，悠莉跑過去抱住俊。

「慢著！為什麼事情會變成這樣！」

這女人竟然趁火打劫！她到底在說什麼啊！

她之前就一直想讓俊信仰神言教，但她剛才可是直接說要跟他結婚！

我覺得要俊入教就已經夠明顯了，她現在是完全不演了嗎！

為了從悠莉的手中奪回俊，我抓住俊的手，把他拉向自己。

但悠莉也做出抵抗，緊緊抓住俊的身體不肯放開。

「放開他！」

「我不要！」

「哥哥是屬於我的！」

現在連蘇都跑來跟我們搶人。

俊被三個女人從不同方向拉扯，看起來很痛苦的樣子。

「別這樣！他會被妳們五馬分屍啦！」

最後連菲都跑來搶人了。

雖然菲說的話很有道理，但這是不能退讓的戰爭！

「……山田，看來你在另一個層面也過得很辛苦呢。」

「哈哈哈，你這小子還真受歡迎。可是，千萬不能腳踏多條船喔？」

夏目和羅南特大人都在旁邊看好戲。

俊向他們投以求救的眼神，但他們兩個都裝作沒發現。

可是，事情都到了這種地步，俊還是沒有做出任何動作，也完全沒有說話，難不成是被下藥了嗎？

「蘇！妳是不是對俊下藥了！」

「這只是普通的麻痺藥！我只是想藉此製造既成事實罷了！」

「就算有既成事實，神明大人也不會允許你們在一起的！」

「真是夠了！妳們三個給我差不多一點！俊的身體已經發出不該有的撕裂聲了啦！」

四個女孩大吵大鬧，場面變得無法收拾。

就在這時——

《世界任務第一階段開始。開始對全人類安裝禁忌。》

我再次聽到神言。

因為俊突然消失，讓我完全忘記了。

忘記世界任務這個照理來說無法忽視的天啟。

下一瞬間，難以忍受的頭痛向我襲來，輕易奪走我的意識。

間章　被留下來的魔王

我跟邱列已經是老朋友了，在這個可能是今生離別的時刻，他留給我的最後一句話卻是抱歉。

我默默注視著邱列和小白消失的地方。

「抱歉、是嗎……？」

這很有他的風格，讓我忍不住苦笑。

他總是這樣。

邱列總是一副心懷愧疚的樣子，因為他太有責任感，習慣把不必要的責任也扛在身上。

他是個既頑固又不知變通的笨拙傢伙……

只希望這不是我們今生的離別……

短暫地替變成敵人的朋友祈求平安後，我重新換個心情。

「好啦。雖然發生了預期之外的事情，但我們的行動方針並沒有改變。」

雖然那個世界任務打亂了我們的計畫，但最終目標還是一樣。

那就是引發系統崩壞，解放莎麗兒大人。

為了達成這個目標，我們一直慢慢做著準備。
雖然幾乎都是靠小白一個人在做，之後計畫的成敗也幾乎都得看小白的努力就是了。
小白被邱列帶走對我們來說是一大打擊。
「那個……就算行動方針沒有改變，我們今後到底該怎麼做呢？」
「就現況來說，我們可能暫時無法行動呢～」
很遺憾，我們無法馬上行動。
關於這點有幾個理由。
首先是我還看不出來這個世界任務今後會如何發展。
發布這個世界任務的人不是莎麗兒大人。
我不認為莎麗兒大人會主動干涉系統，並發布這樣的任務，也不認為她做得到這件事。
邱列也不會這麼做。
既然他們都不是，那犯人就只有一個了。
那就是D大人。
老實說，我無法判斷這位從未見過的大人物會如何出牌。
既然不知道對方會如何出牌，隨便行動反而會有危險。
現在應該靜觀其變，讓自己保持能夠臨機應變的狀態才對。
第二個理由是為了觀察世人接到這個世界任務後的反應。

尤其是達斯汀。我必須謹慎地觀察神言教的動向。

達斯汀跟邱列一樣，肯定會與我們為敵。

他到底會怎麼出牌？

我想先觀察他的反應，再來決定該如何應對。

雖然比起先發制人，這種態度要來得消極多了，但這也是沒辦法的事。

我們原本是打算在達斯汀與邱列都不知情的情況下破壞系統。

不讓他們發現破壞系統會造成半數人類死去這件事。

如果一切都順利進行，當他們發現時，系統早就瓦解了。

他們應該會在人類死了一半，事情已經無法挽回時才發現這件事。

因為那個世界任務的緣故，現在紙包不住火了，我們已經很難暗中執行計畫。

不過，就算肯定達斯汀會有所行動，他是否握有能夠防止系統崩壞的手段，還是會影響到我方的應對方式。

如果他沒有那種手段，就可以置之不理。

如果他擁有那種手段，我們就必須全力阻止他。

為了得到這個問題的答案，我必須先觀察達斯汀的反應才行。

第三個理由是我們才剛跟波狄瑪斯打完仗，戰後的善後工作也還沒結束。

而且還有轉生者們的問題要處理，很難馬上就丟下這裡的事情。

最後是第四個理由。

這是最重要的理由，那就是小白不在了。

瓦解系統是小白負責的工作，而且她還負責在世界各地配置分體進行監視，還負責用轉移術進行移動，甚至連這個計畫本身都是小白想出來的。

總之，小白對這個計畫實在太過重要了。

小白不在就無法進行的事太多了，事實是我們根本無法行動。

我告訴拉斯和蘇菲亞這件事。

「事情就是這樣，我們現在能做的事情，就是一邊觀察其他勢力的動向，一邊先完成戰後處理的工作。」

換句話說，我們只能照著原本的計畫行事。

「原來如此，我覺得這個主意不錯。」

就在拉斯表示贊同時，臉色大變的菲米娜衝了過來。

「屬下有事報告。」

「嗯，說來聽聽。」

「我跟主人失去聯絡了。在世界任務發布之後，轉生者山田俊輔——也就是修雷因，突然被轉移到其他地方，目前下落不明。目擊者還說有隻白蜘蛛掉到修雷因頭上，然後他就消失不見了。」

「嗯。這肯定是小白幹的好事。」

之所以無法聯絡到小白，應該是因為她現在沒有那種餘力吧。

就算是小白，也沒辦法一邊跟邱列戰鬥一邊通話。

從剛才的報告聽起來，小白似乎是在世界任務發布之後，跟邱列開戰之前的短暫時間內做出了行動。

至於山田同學的下落，我大致猜得到。

「這樣啊……雖然比原本的計畫提前了許多，但山田同學已經被丟到愛巢了啊……」

我有些同情山田同學了。

山田同學同父異母的妹妹名叫蘇蕾西亞，大家都叫她「蘇」。

雖然她是因為被小白威脅才會協助我們，但小白也不是白白利用她，而是有給她獎勵。

小白問過她想要什麼樣的獎勵，而她的回答是「可以跟哥哥兩人獨處的愛巢」。

小白二話不說就答應她，在偏遠的地方幫他們準備了愛巢。

對於小白來說，這似乎是能夠實現蘇的願望，也能隔離山田同學這個不確定因素的一石二鳥妙計。

我也不曉得那個愛巢在哪裡，那裡似乎是如果不用轉移術，就遇不到人的偏僻地方。

一旦被丟到那種地方，直到系統崩壞之前，山田同學都不可能出得來。

因為那裡還有田地，附近也有可以食用的弱小魔物，野菜種類也很豐富，想要維生似乎不是難事。

就算系統崩壞之後失去了能力值與技能，他應該也不會餓死。

因為小白的標準跟別人不一樣，讓我對此有些懷疑，但也只能期盼蘇和山田同學能一起努力克服了。

「可是……到底該怎麼向那些愛慕山田同學的女生說明這件事才好……？」

畢竟山田同學異常有女人緣……

雖說那是正當的報酬，但我們無視山田同學本人的意願，直接把他送到蘇的嘴邊，不用想也知道其他女生會有什麼反應。

她們絕對不可能接受這種結果。

畢竟我們是把山田同學帶到她們不知道的地方，讓她們只能眼睜睜看著蘇橫刀奪愛喔？

不過，不管她們能否接受，連我都不知道那個愛巢在哪裡，所以也愛莫能助。

不管她們是要就此放棄，還是要不擇手段地找出山田同學的下落，我們也只能對她們實話實說。

然而，反正我們也沒有義務告訴她們這件事，乾脆隱瞞不說或許對雙方都有好處。

「菲米娜，事情就是這樣，該告訴她們多少事情，就交給妳去決定吧。不過，妳至少該告訴她們山田同學沒有生命危險。」

「交給我吧。」

總之，我把向那些愛慕山田同學的女生解釋的工作，全部丟給菲米娜去處理。

反正山田同學沒有生命危險，這對我們來說也不是需要認真處理的事情。

……雖然他並非生命有危險，而是貞操有危險就是了。

就在這時，我發現菲米娜還沒有離開。

接到命令後，優秀的她卻沒有立刻行動的理由，就只有一個了。

「妳不需要為小白擔心。」

「這樣啊……」

看到她鬆了口氣的樣子，我確信自己猜對了。

這女孩是在擔心失去聯絡的小白。

畢竟小白很受大家仰慕～

真是不可思議。

不管是蘇菲亞也好，還是菲米娜也好，小白都對她們做過很過分的事情。

……這麼說來，我好像也是一樣。

剛開始的時候，我跟小白原本還處於敵對關係，現在卻建立了深厚的交情。

這就是所謂的人望吧。

……她在別人面前明明都不開口說話。

我覺得一個習慣省話的傢伙，照理來說應該毫無人望可言才對。

這是種才能嗎？難道她有惹人喜愛的才能？

話說，對於一個正在跟邱列展開死鬥的傢伙，我到底在想些什麼？

我明明不希望邱列死掉，卻又完全不擔心小白。

不過——

「因為她絕對會贏。」

這也是因為我對此深信不疑。

「所以，妳不必為她擔心。我們只要做好自己力所能及的事情，在小白回來的時候，用笑容迎接她就行了。不讓小白的工作繼續變多，就是我們的工作。」

「我明白了。」

菲米娜像是解決了一樁心事，肩膀總算可以放鬆。

其實她擔心的事情還沒解決，但聽到我這麼說，她似乎感到放心了。

「對了，那傢伙到底在做什麼？」

菲米娜的眼神像是看到垃圾一樣，變得冰冷無比。

在她視線的前方，正好是被綁成一團的蘇菲亞。

「呃……我都忘記還沒替她鬆綁了……這下子該如何是好呢？」

小白……

既然妳還能顧慮到山田同學的事情，至少先替蘇菲亞鬆綁之後再離開吧……

過去拉斯被小白用蜘蛛絲綁住時，因為那些絲無法砍斷，我們只能在他身上放火，連人帶絲一起燒，才終於解開他身上的束縛。

考慮到這樣的前例，如果想要替蘇菲亞鬆綁，就只能連人帶絲一起燒了。

「哼。」

當事人蘇菲亞發出不屑的聲音，把身體變成一團紅霧，輕易逃離蜘蛛絲的束縛。

不光是我，連拉斯和菲米娜都看傻了。

「原來妳有辦法自行脫逃嗎？」

「那還用說。」

蘇菲亞理所當然地挺起胸膛，但她為什麼不早點掙脫呢？

「要是在主人面前掙脫，想也知道會有更狠的處罰在等著我。」

也許是我的疑惑表現在臉上，蘇菲亞解釋了她沒有掙脫的原因。

聽到她的解釋，我覺得很有道理。

考慮到小白的個性，要是她引以為豪的絲被人掙脫，絕對會發飆。

為了讓蘇菲亞無法再次掙脫，小白應該會創造出更複雜的術式，重新把她綁起來。

我可以輕易想像出那個畫面，可見她果然還是個幼稚的孩子呢。

正當現場氣氛變得輕鬆時，那件事發生了——

《世界任務第一階段開始。開始對全人類安裝禁忌。》

「嗯？」

「喔？」

只有拉斯和我有做出反應。

蘇菲亞和菲米娜都露出痛苦的表情倒下了。

她們兩個應該都擁有痛覺無效這個技能。

不過，其實我早就知道原因了。

「想不到竟然會來這招啊～」

D大人做得還真絕。

竟然把禁忌安裝到全人類身上。

禁忌是神言教一直拚命隱瞞的祕密。

這等於是瞬間就把神言教的努力化為泡影。

哎呀～哈哈哈。

真想看看達斯汀現在的表情！

神言教……不，達斯汀現在應該非常慌張吧。

我想除了達斯汀之外，應該幾乎所有人都跟蘇菲亞她們一樣昏倒了吧。

只有少數像我、達斯汀和拉斯這樣，早就把禁忌練到封頂的人平安無事。

由達斯汀君臨頂點的神言教，就強在它是個巨大的組織。

雖然達斯汀是個出色的領導者，但一個人類的能力是有極限的。

可以隨心所欲地操控這個橫跨世界各地，還擁有相應信徒數量的巨大組織，才是達斯汀的真正實力。

而這個組織現在幾乎所有人都因為安裝禁忌而昏迷不醒。

換句話說，神言教現在可以算是故障了。

當然，達斯汀身邊的防衛力量應該也變弱了。

這是葬送掉達斯汀的絕佳機會。

換作是平常的話，殺死達斯汀並沒有太大的意義。

因為節制這個支配者技能的效果，那傢伙就算死了也會繼承記憶重新轉生。

在達斯汀死掉之後，需要過個幾年才能轉生。

雖說他還要花個幾年才能長大成人，但就算他不在了，神言教這個巨大組織也會彌補他的空缺，讓世界保持正常。

雖然達斯汀不在的空缺絕對不算小，但也沒有大到無法彌補。

這點從波狄瑪斯至今一直沒能擊潰神言教這個組織就看得出來了。

不管達斯汀是否存在，局勢都不會有巨大的變化。

但現在的情況不一樣。

如果達斯汀在這個重要關頭缺席，神言教就會變成群龍無首的烏合之眾。

不光是這樣，支配者技能的權限也會空出來。

我們可以讓用來使系統瓦解的其中一把金鑰空出來。

雖然我們並非得到那把金鑰，因此局勢不會變得更有利，但至少可以消除掉對我們不利的地方。

所以，在這個時間點收拾掉達斯汀是最好的做法。

……遺憾的是，我沒辦法收拾掉他。

因為我方能夠主動接觸達斯汀的手段，就只有小白的轉移術……

跟達斯汀的合作關係，也只是為了擊敗波狄瑪斯才暫時聯手。

準備跟波狄瑪斯決戰的時候，小白手下的那些白衣聯絡員也從達斯汀身邊撤離了。

因為我們早就知道，如果明白系統崩壞的代價，達斯汀也會跟邱列一樣與我們為敵。

這就跟把棋子留在敵陣一樣。而且只要有小白在，就算不刻意留下聯絡員也行。

要是出現什麼狀況，只需要讓小白殺過去，就能把達斯汀變成死人。

因為達斯汀本人的戰鬥力跟普通人差不多。

不過，我們現在少了小白，失去了接近達斯汀的手段。

這明明是個大好機會，我們卻不得不白白放過。

要是早知道事情會變成這樣，當初是不是該留些人在達斯汀身邊才對？

可是，如果要跟波狄瑪斯決戰，我方也必須全力以赴才行……

唉……反正事情都過去了，就算後悔也無濟於事。

雖然的確錯過了這個好機會，但對全人類安裝禁忌這件事，對我們來說卻不是壞事。

這反倒是一股助力。

畢竟禁忌的內容足以撼動神言教的基礎。

雖然達斯汀的親信應該知道禁忌的內容，但普通的神言教聖職者與信徒當然都不知情。

就算他們昏倒後再次醒來，也無法解決神言教的混亂情況，甚至還會讓情況變得更混亂。

達斯汀或許有能力在短時間內解決這個問題，但肯定無法馬上行動。

那我們就能利用神言教陷入混亂時展開行動……

不過，就算我們能抓住這個機會行動，也看不出這個世界任務之後會如何發展。

況且系統剛才說這是世界任務的第一階段。

既然是第一階段，就表示還有後面的階段。

無法判斷之後階段的內容，讓我感到非常不安。

畢竟系統都敢做出對全人類安裝禁忌這種大規模的動作了。

之後的階段可能也會有某種大動作。

不如說，我得認為這件事肯定會發生。

何況這是那位D大人幹的好事。

光是對全人類安裝禁忌，就不知道對現在的人類造成多大的影響了。

我可以想像當昏倒的人們醒來後，到時候的場面會如同阿鼻地獄一般，有多麼可怕。
就算第二階段的內容會逼得陷入混亂的人們互相殘殺，我也不覺得奇怪。
雖然那對我們來說是好事，但事情應該不會如我們所願吧。
到頭來，我還是只能靜觀其變。
也只能靜觀其變了。
因為我們實在無法從妖精之里展開快速的行動。
我們現在少了小白，行動能力降低了許多。
失去了之後才知道，小白的轉移術實在太方便了。
不過，就算小白還在，應該也很難帶著包含魔族軍與帝國軍的殘黨，以及那些轉生者在內的一大群人移動吧。
要是能夠做到那種事，我們也不用這麼辛苦了……？
想到這裡，我突然想起自己身在何處。
這裡是波狄瑪斯製造出來的宇宙飛船。
而且是為了找尋能夠殖民的星球，所以可以長時間航行，並且擁有居住區和生產區的巨大宇宙飛船。
如果利用這艘宇宙飛船，不就可以收容留在妖精之里的所有人了嗎？
而且昨天波狄瑪斯快要戰敗的時候，曾經為了逃跑而啟動這艘宇宙飛船，可見這艘飛船裡已經充滿足以運作的能源了。

「愛麗兒小姐，我去看看外面的情況。大家突然倒下，說不定會有人受傷。」

聽到拉斯的聲音，讓我停止思考。

「嗯，你說得對。有必要去確認一下。」

經他這麼一說，我也覺得可能會有人在倒下時撞到東西受傷。

要是有人正在搬運重物，說不定會被壓在底下，也無法斷言不會有人在洗臉時昏倒，結果溺死在水裡。

「反正我們也不能讓人就這樣倒在外面，乾脆趁機把所有人都搬進來吧。」

「搬進來？」

「沒錯，搬到這艘飛船上。」

我露出不懷好意的笑容這麼說，拉斯露出有些驚訝的表情，但很快就心領神會，點了點頭。

「原來如此。這是個好主意呢。」

「你也這麼覺得對吧？」

每次遇到這種情況，拉斯總是腦筋動得很快，實在幫了大忙。

不過，也因為他腦筋動得夠快，才會被小白當成方便的工具人。

「我要在這裡研究駕駛這艘飛船的方法。你就去外面看看情況，順便把男人都搬進來。女人就交給在外面閒晃的菲兒去搬吧。」

菲兒不知為何一直纏著帝國軍那個名叫羅南特的老頭。
在這種時候放任她繼續玩耍實在有些浪費人力，就讓她用勞力彌補剛才摸魚的過錯吧。
「我明白了。」
「嗯。這份工作應該會很累，有勞你了喔？」
拉斯帶著苦笑離開了。
問題來了。
「雖然說要駕駛飛船，但我連車子都沒開過。我真的有辦法駕駛這種東西嗎？」
我實在很擔心自己到底有沒有辦法駕駛這艘宇宙飛船。

S5　世界不斷變動

「嗚……嗚嗚……」

聽到呻吟聲後，我轉頭一看，發現羅南特大人皺著一張臉醒了過來。

「早安。您睡得還好嗎？」

「哼。怎麼可能會好。」

羅南特大人在他躺著的地板上吆喝一聲，慢慢爬了起來。

世界任務第一階段正式發布後，全人類都被安裝了禁忌。

因為這個緣故，在場除了我之外，以羅南特大人為首的所有人都昏倒了。

我之所以沒有昏倒，應該是事先就把禁忌練到封頂的功勞吧。

不過，因為我當時才剛被蘇下藥，直到毒素清除之前都無法行動。

在那段期間，我什麼事都做不了，只能跟大家一起趴倒在地板上。

在毒素自然消退、重新恢復行動能力後，我才能讓那些失去意識的人重新躺好。

雖然我覺得讓羅南特大人這樣的老人躺在地板上不太妥當，但床就只有一張，這也是沒辦法的事。

我姑且還是有在他底下鋪了條毯子，希望他可以諒解。

至於我為何不讓羅南特大人躺在床上休息，是因為床鋪現在被女生們占據了。

蘇和悠莉都躺在床上，雖然我不確定該不該這麼做，不過因為床上勉強還有一個人的位置，我就讓卡迪雅也躺在床上。

其實我應該要讓菲躺在床上，而不是卡迪雅，但是因為體重的緣故，使得我只能放棄這個想法。

雖說菲已經變成人型，但她原本是隻巨竜。

外表跟人類毫無分別，卻維持著原本模樣的體重。

要是讓她躺在床上，床可能會被壓垮。

幸好她沒在昏倒的瞬間變成原本的模樣，但我只好讓她跟羅南特大人一樣躺在地板上。

要是她變成原本的模樣，又會變回那種巨大的身軀。

狹窄的屋子不可能裝得下那種巨大的身軀，這間屋子說不定早就缺了一角。

夏目？

他當然是躺在地板上。

「我睡了多久？」

「半天左右。」

羅南特大人伸了個懶腰，腰際傳來劈里啪啦的聲音。

……看來讓老人家躺在地板上果然是錯的。

可是，我也不能讓他跟女孩子一起躺在床上……

「那個～對不起，讓您躺在地板上。」

「嗯？原來你是說這個啊！別放在心上。」

我覺得過意不去，於是向他道歉。羅南特大人看向床鋪後，就露出心領神會的表情，然後笑了出來。

「只要上前線作戰，露宿野外根本就是家常便飯，光是能在有屋頂的地方睡覺就該偷笑了。」

「真不愧是羅南特大人。可是，您不是可以用轉移術回到自己家裡嗎？」

「同伴都露宿野外，總不能只有我在自己家裡的床上舒服睡覺吧。而且要是發生緊急情況，我也會無法立刻應對。」

「原來如此。是我的想法太膚淺了。」

「就讓我的身體保持在最佳狀態，以便在戰場上發揮最大功用這點來說，你的想法並不算錯。不過，如果凡事都只追求效率，就會遺漏掉某些東西。」

「感謝您的教誨。」

在學校裡學不到的事情真的很多。

「你跟尤利烏斯很像，個性都很認真。不過你還年輕，還有很多機會學習……可惜在這種時代或許沒機會了。」

羅南特大人一邊嘆氣一邊這麼說。

「羅南特大人，請問您覺得今後的局勢會如何發展？」

「天曉得。最近發生的一切，早就超出我能理解的範圍了。」

連這位帝國的首席宮廷魔導士，同時也是尤利烏斯大哥師父的他都不知道，看來應該沒人知道答案了吧。

「雖然我應該跟你聊聊，但我現在想要專心面對禁忌這個技能。請容我暫時離席。」

「啊。當然可以。」

「別擔心，我會待在這間屋子附近。要是有事找我，就大聲叫我吧。」

「我明白了。」

羅南特大人一臉嚴肅地走出屋子。

他應該是打算獨自確認禁忌的內容吧。

他沒問題吧？

畢竟光是擁有禁忌，就得一直承受那股強烈的怨念。

『贖罪吧。』

就算沒有開啟禁忌選單，那股怨念也不會消失。

而且只要開啟禁忌選單，那股怨念就會變得更強烈。

我光是稍微看了一下，就覺得非常不舒服，難受到臉色都變得慘白。
就連我這個來自其他世界的轉生者，都覺得那麼不舒服了。
就某種意義來說，我只是個外人，所以還能勉強無視那股怨念。
只不過，這個世界的居民都是當事人，天曉得他們究竟能夠忍受那股要人贖罪的怨念到什麼時候。
在禁忌選單的項目中，還有轉生紀錄這種東西。
要是看過了自己在系統剛完成時的第一筆人生紀錄，這個世界的居民說不定會被罪惡感給擊垮。
我利用這半天確認過了，我的轉生紀錄是空白的。
如果是這個世界的居民的話，在轉生紀錄這個項目裡頭，應該就會顯示出過去每段人生的紀錄吧。
若不是這個世界原本的居民，就無法確認上面的內容詳細到什麼程度。
可是，看到「系統各大項目的詳細解說」與「更新紀錄」裡都塞滿了文字，我覺得「轉生紀錄」裡的內容應該也很詳細才對。
假如只有文字紀錄倒是還好，但這可能會讓人想起自己過去人生的記憶。
如果想起過去人生的記憶，就可能對現在的人格造成影響。
就算是同樣的靈魂，一旦成長的環境改變，人格也會有所不同。

……我可不想見到蘇突然壞掉的樣子。

啊。可是蘇好像早就壞掉了？

要是她想起前世的記憶，說不定反而會變得正常一些……

不過，我不該期望靠著外力去改變她，而且哥哥這樣要求妹妹，難道不是很過分嗎？

正當我為此煩惱不已時，蘇醒過來了。

可是，就算她睡醒了，也沒有從床上下來。

「哥哥，我為什麼被綁起來了？」

「妳何不捫心自問一下？」

「我的手被綁住了，摸不到胸口。」

「就算摸不到胸口，妳還是可以捫心自問吧？」

理由很簡單。因為她現在雙手雙腳都被綁住了。

雖然這不是為了報復剛才那件事，但我也沒理由放她自由。

我這個哥哥把同父異母妹妹的手腳綁了起來。雖然聽起來像是個糟糕的傢伙，但我之前不但同樣被她綁住，甚至還被她下了藥，會這樣防備她也怪不得我吧。

「……請享用。」

「妳是要我享用什麼？」

蘇羞紅著臉，向我拋了個媚眼。

不該說享用吧。享用什麼的……

我不可能對被綁起來的同父異母妹妹亂來吧？

怎麼辦……雖然早在她對我下藥的時候，我心裡就已經很清楚了，但我這個同父異母的妹妹好像壞掉了。

可是，我認為她應該知道兄妹不能跨越最後一線才對。

不，我很久以前就覺得她對哥哥的愛有點過頭了。

她應該知道吧？至少我是這麼希望的。

總之，她現在已經沒有這樣的常識了。

我不確定這是暫時的現象，還是會永遠持續下去。

如果她只是暫時精神錯亂還無所謂。

可是，要是她永遠都是這樣，那我就頭痛了。非常頭痛。頭痛到不行。

明明世界任務這個世界級的大事還在進行，為什麼要選在這種時候發生這種個人問題？

站在整個世界的角度來看，我遇到的這個問題比起世界任務只是微不足道的小事。

不過，站在我個人的角度來看，這是關係到整個家族的大問題。

我不能等到之後再來解決……

不對，就是因為我一直拖著不解決，才會造成今天的局面。

我早就發現蘇對我懷有超過兄妹的感情。

她的態度那麼明顯，我沒發現反而奇怪。
雖然這樣很奇怪，但我還是一直把這個問題擱著不管，對其視而不見。
因為我不曉得該怎麼做才好。
仔細想想就知道了吧。
我在前世是個平凡的路人，就只是個隨處可見的高中男生。
我沒有可愛的妹妹，也沒有可愛的青梅竹馬，而且從來不曾交過女友。
雖然我不是完全沒有女性朋友，像是前世的悠莉——也就是長谷部結花就會跟我聊天，但我們完全沒有會發展成男女朋友的跡象。
換句話說，就是我完全不會處理男女之間的問題。
對我來說，愛上哥哥的同父異母妹妹本身就是一種虛幻的存在。
我連普通女生都不知道該如何應付了，更何況是同父異母的妹妹。
這讓我更不知道該如何跟她相處。
我自己是以哥哥的身分，在跟蘇這個妹妹相處。
不過，我在前世是個獨生子，所以無法保證自己扮演的哥哥角色是否正確。
看到蘇變成這樣，我覺得自己可能做錯了。
我覺得蘇的戀兄情結應該是在幼年時期養成的。
我和蘇從開始懂事的時候就一直在一起。

然後，我從小就按照異世界轉生系故事的套路，努力取得技能。

這似乎讓我在蘇的眼中變成一個很厲害的哥哥，讓她開始變得黏我。

不過，在我們還小的時候，這種情況還沒有那麼嚴重。

因為我們的身分相當特別，跟同年紀孩子接觸的機會非常少。

以蘇的情況來說，她幾乎沒機會接觸其他男生。

所以，我才會認為只要我們開始上學，讓她有更多機會接觸其他男生的話，她的戀兄情結自然就會慢慢改善。

我覺得她應該只是把親情跟愛情搞混了，只要到了青春期就會區分這兩種感情，遲早會找到自己喜歡的男生。

可是，我的期望完全落空，蘇的戀兄情結一直沒有改善。

因為她這陣子對我的態度有些冷淡，我還以為她終於從兄控畢業，在鬆了口氣的同時感到些許寂寞，但這次的事情讓我發現自己誤會了。

她之所以故意疏遠我，應該是因為瞞著我們協助若葉同學等人吧。

而結果就是蘇親手弒父，犯下絕對不能犯的罪過。

天曉得這對蘇的心造成了多大的負擔。

看到蘇現在失控的程度，可見她病得絕對不輕。

如果在蘇變得冷淡的時候，我有找她談談的話，說不定就能避免這種事情發生了。

如果我沒有因為不知道正確的相處方式就放任問題存在，而是勇敢面對問題，或許就能發現蘇變得不太對勁。

之後我有沒有辦法對付若葉同學等人並不是重點。

我沒發現蘇的改變。

這確實是我的過錯。

不過，我還是無法回應蘇的感情。

「蘇，我沒辦法回應妳的感情。可是，我可以永遠陪在妳身邊。以一個哥哥的身分。難道這樣不行嗎？」

我覺得自己的想法很天真。

我不是聖人君子。

我也想要跟蘇問個清楚，問她為什麼要幫助若葉同學他們。

我還想要花上一個小時，質問她為何對我下藥，還把我的雙手雙腳都綁起來，想要反過來對我做壞事！

可是，蘇現在看起來情緒很不穩定，如果我做出那種事，我害怕會造成無法挽回的悲劇。

即便如此，我也不認為自己應該讓蘇如願以償。

如果只為了暫時得到內心的安寧就做出那種事，對我們兩個都不是好事。

即便那能讓現在的蘇內心得到滿足，那種扭曲的關係也遲早會出現裂痕。

到時候蘇只會受到比現在還要嚴重的傷害。

所以，我現在必須讓我們的關係回歸正常。

回歸到正常的兄妹關係。

我筆直注視著蘇的眼睛，默默等待她的回答。

「……哥哥，你好狡猾。」

正當我快要忍受不了這種四目相對的狀態時，蘇突然別過臉，說出了這句話。

然後她再也沒有說出明確的話語，開始低聲啜泣。

我害她哭了。

我該怎麼做才好？

雖然我不曉得怎麼做才是對的，但要是我現在逃避的話，總覺得一切又會回到原點。

我畏畏縮縮地把手伸向蘇的頭，輕輕撫摸她的頭髮。

雖然我不認為這是正確答案，但總比什麼都不做，一直在這裡發呆來得好。

逼不得已，我只能一直撫摸蘇的頭，直到她停止哭泣。

……順帶一提，卡迪雅這個時候似乎已經醒來了，只不過她顧慮到了現場的氣氛，才會繼續裝睡。

她還順便偷偷對悠莉施展能變更睡眠狀態的魔法。

畢竟要是悠莉醒來了，可不會像卡迪雅那樣有所顧慮……

《世界任務第二階段開始。請各位用祈禱的力量介入諸神的戰鬥。》

「……終於來了嗎？」

當蘇停止哭泣時——正確來說是她實在哭得太久，讓我開始懷疑她在假哭，認真煩惱是否應該改用鷹爪功抓住她的頭時，系統就發布世界任務第二階段了。

因為這件事發生得剛剛好，我趁機把手從蘇的頭上拿開，並且離開她身邊。

因為蘇好像有些不滿，讓我確信她果然是哭到一半就開始假哭。

這傢伙竟然在這種情況下向我撒嬌……

看來我還是應該用鷹爪功讓她稍微嚐點苦頭才對？

趁著我離開蘇身邊的時候，卡迪雅也若無其事地爬起來，順便把悠莉叫醒。

被魔法催眠的悠莉猛然驚醒。

在等待悠莉完全清醒的期間，我開啟禁忌選單做個確認。

『禁忌選單：

系統概要

系統各大項目的詳細解說

更新紀錄

點數列表
轉生紀錄
特殊項目n％Ｉ＝Ｗ
世界任務』

最後面新增了世界任務這個項目。
之所以在這個時間點新增項目，應該是因為這個世界任務的前提是了解禁忌的內容。先在第一階段對全人類安裝禁忌，然後在第二階段創造出「世界任務」這個項目，讓所有人都知道其內容。

我戰戰兢兢地開啟「世界任務」這個項目。

『現在，身為系統核心的女神莎麗兒，已經快要承受不了負荷，瀕臨消滅的危機。白神的目的是破壞系統，利用讓系統運作的能源完成星球的再生，避免女神莎麗兒消滅，並且藉此解放女神。不過，如果選擇這種做法，就會有將近半數的人類死於系統崩壞的副作用，或是靈魂就此消滅。黑神不願見到這樣的結果，為了阻止白神挺身而戰。一旦白神戰勝，將近半數的人類都會犧牲，但女神莎麗兒和星球將會得救。一旦黑神戰勝，女神莎麗兒及其後繼者黑神都會犧牲，人類和星球將會得救。只要人類向其中一位神祈禱，就能獻出些許力量給那位神。』

「這是……」

裡面的內容太讓人震撼了。

這些內容實在太過震撼，讓我甚至不知道該從何開始確認才好。

「決選投票……不，應該說是決戰投票才對吧。」

卡迪雅似乎也看過世界任務的內容，小聲地說出自己的感想。

決戰投票……這種說法還真妙。

向白神或黑神祈禱，就能將力量獻給對方。

藉此破壞雙方實力的平衡，就是這場決戰投票的目的。

「就是要我們選擇拯救人類或是拯救神的意思吧。」

而雙方的勝敗將會決定這個世界的命運。

看是要拯救人類，還是要拯救神。

現在就是要我們決定該拯救哪一方，又該捨棄哪一方。

女神莎麗兒為了拯救這個世界，自願成為犧牲品，過去一直為此不斷消耗自己的生命。

黑神則是一直為了女神莎麗兒守護這個世界，也打算繼承女神的意志。

對這個世界與在此生活的人們來說，這兩位神可說是恩重如山。

看是要拯救祂們，還是要拯救自己，這就是我們面臨的選擇。

「這種選擇未免太殘酷了吧！」

到底誰有辦法做出選擇！

不管怎麼選擇，失去的東西都太多了。

「難道就沒有兩邊都救的方法嗎！」

「就是因為沒有，事情才會變成這樣不是嗎？」

聽到這個聲音，我猛然回頭一看，原來是羅南特大人回來了。

「我不知道神的力量有多麼強大。可是，我很清楚人類的弱小。人類太弱小了。」

「您的意思是，我們無力改變這種情況？」

「正是如此。」

這句話惹火了我。

「如果是尤利烏斯大哥的話，他絕對不會放棄的！」

假如是尤利烏斯大哥，就算遇到這種狀況，也絕對不會放棄。

然而，羅南特大人身為尤利烏斯大哥的老師，怎麼會說出這麼沒骨氣的話？

「你說得對。可是，尤利烏斯已經死了。」

雖然羅南特大人這句話讓我感到憤怒與悲傷，但我也不得不認同。

尤利烏斯大哥肯定是直到最後一刻都沒有放棄吧。

即便如此，他還是壯志未酬便死於非命。

尤利烏斯大哥曾經說過，他想要創造出大家都能笑著生活的和平世界。

就連這樣偉大的他，也沒能實現自己的願望。

「我們只是微不足道的存在。就算我們拚命掙扎，可以做到的事情依然有限。」

我緊咬著牙低頭不語。

羅南特大人說得對。

而且我不久前才剛體會到自己的無力。

「可是，就跟尤利烏斯曾經做過的一樣，直到最後都不放棄也是一種選擇。」

「咦？」

我抬起原本低著的頭。

「人類很弱小。就算不肯放棄，能夠做到的事也不多。這次的事情也是一樣。就算我們直到最後都不放棄，也是無能為力，只是白白送命。可是，不去挑戰就不知道結果也是事實。看是要認定自己無能為力，就此放棄；還是要無懼死亡，拚命掙扎到最後一刻。在這兩者之間，你會做何選擇？」

羅南特大人用試探的眼神看著我。

「我的答案早就決定了。」

我筆直地看著羅南特大人的眼睛。

因為我早就決定要繼承尤利烏斯大哥的志向了。

而尤利烏斯大哥沒有選擇放棄。

「很好。」

羅南特大人揚起嘴角，露出不合年齡的調皮笑容。

「那我們就先召開作戰會議吧！」

我絕不放棄。

幕間　達斯汀

在神言教的根據地聖亞雷烏斯教國，這間行政中心正處於平時少見的慌亂之中。

擁有「遠話」這個「念話」的上位技能的人正全數出動，忙著聯絡被派遣到各地的遠話持有者。

神言教就是這樣在全世界展開情報網，如果有事情發生，就會陸續傳到我的耳中，但這次的情況正好相反。

我們的目的是主動擴散情報。

「不管要怎麼狡辯都無所謂！不必有所顧慮！無論如何都要說服民眾，讓他們向黑神祈禱！不管是要煽動群眾還是怎麼做都行！」

「遠話」持有者口沫橫飛地喊叫著。

事情會變成這樣，都是那個世界任務害的。

不過，這也可能是件好事。

在世界任務的第一階段，對全人類安裝禁忌時，我真的很頭痛。

只要看過禁忌的內容，就能理解神言教的所作所為有何意義。

一旦人們得知其中的意義，神言教就會失去人心。

神言教失去威信原本就是注定的事。

不管結局會是如何，只要考慮到創造出神言教的理由，以及神言教過去的所作所為，就能知道這個宗教遲早會消失。

但是，現在就消失實在太早了。

神言教就等於是我的手腳，而我現在還不能失去這雙手腳。

至少在我親眼見證黑龍大人他們這一戰的結局之前，神言教都得繼續存在才行。

而世界任務的第一階段輕易打亂了我的計畫。

可是，緊接在後的世界任務第二階段，卻讓我看到了希望。

神言教的衰敗已經無法阻止了。

但民眾依然處於混亂之中。

神言教過去一直是信徒的心靈依靠。

雖然神言教會隨著時間經過逐漸失去人心，但信徒現在還聽得進神言教的話。

這是一場跟時間的比賽。

在神言教失去人心之前，我們要盡可能地讓更多人向黑龍大人祈禱。

即使隨著時間經過，當混亂平息下來、人們恢復冷靜時，如此誘導人們的神言教將會受到責難，但這個宗教原本就注定要毀滅。

這只不過是讓毀滅的時間提早一些罷了。

現今實在很難說是捨棄神言教這張重要王牌的最好時機。

可是，我至少得取得相對較好的成果才行。

「教皇陛下！」

其中一位忙著通話的遠話持有者，一臉嚴肅地跑了過來。

看到他的表情，我知道這不是個好消息。

「有什麼問題嗎？」

「是的。據說有教會遭到不明人士破壞。」

「……已經有地區開始出現那種行動了嗎？」

我早就猜到會發生這種事了。

當人們被信任的事物背叛時，就會感到強烈的憎恨。

原本強烈的好感會直接反過來變成恨意。

既然如此，當人們被一直視為心靈依靠的宗教背叛時，又會做出什麼樣的行為呢？

我可以輕易猜到答案。

「不。那似乎不是民眾化為暴徒後的行為。」

「什麼？」

這個答案跟我料想中的不一樣。

那到底發生了什麼事情？

「據說有個巨大的圓盤從空中飛過，教會就是在當時遭到破壞。」

「……看來我們被擺了一道。」

飛在空中的圓盤——

只有一個人擁有那種東西。

不，應該說曾經擁有才對。

那就是波狄瑪斯．帕菲納斯。

那八成是那個男人創造出來的兵器。

而那個男人已經死了，有機會接收那些兵器的人，就只有擊敗波狄瑪斯的愛麗兒大人。

那破壞教會的人當然也是愛麗兒大人。

「教皇陛下！」

另一位遠話持有者叫了出來。

「你那邊也接到飛空圓盤破壞教會的報告了嗎？」

「是、是的！」

「地點是？」

確認過教會遭到破壞的城鎮位置後，我在地圖上進行比對。

在這段期間，我收到許多同樣的報告。

移動速度真快。

不愧是波狄瑪斯製造的東西。

雖然很不情願，但我也不得不認同那個男人的聰明才智。

「……看來對方正筆直朝著艾爾羅大迷宮前進。」

我分析出來的結果是，飛空圓盤正筆直朝向艾爾羅大迷宮前進。

還順便破壞掉途中城鎮上的教會。

沒錯，只是順便。

破壞教會是順手為之的行動，只是對我方的輕微騷擾。

愛麗兒大人的目的是比我們更早抵達艾爾羅大迷宮。

在世界任務的概要中，除了諸神之戰以外，還寫著另一種阻止系統崩壞的手段。

『讓系統崩壞的作業是在位於艾爾羅大迷宮最深處的系統中樞進行。白神已經展開讓系統崩壞的準備工作，如果想要阻止這件事，就只能擊敗白神，或是讓擁有支配者權限的人在系統中樞操縱安全金鑰，進行緊急停止處置才行。』

換句話說，就是必須讓擁有支配者權限的人，親自趕到艾爾羅大迷宮的最深處。

我擁有支配者權限。

我親自過去是最確實的做法。
而愛麗兒大人也明白這點。
正因為如此，她才會試圖先一步趕到艾爾羅大迷宮，做好迎戰我方的準備。
因為這裡離艾爾羅大迷宮比較近，讓我太過大意了。
這樣愛麗兒大人他們將會搶先抵達艾爾羅大迷宮。
因為可以自由轉移的白大人被黑龍大人壓制住，讓我沒有馬上行動，才會導致這樣的失敗。
早在確認波狄瑪斯死去之前，我就應該出發了。
……不。
我當時還不曉得愛麗兒大人他們的企圖。
雖說我有猜到，但我們當時還在聯手對抗波狄瑪斯，讓我無法做出背叛盟友的行為。
現在懊悔也無濟於事了。
愛麗兒大人他們肯定會先一步抵達艾爾羅大迷宮，在那裡做好防守的準備。
比起阻止他們，我現在必須先處理好這裡的問題。
「那些教會遭到破壞的城鎮情況如何？」
「民眾似乎都感到不安，懷疑那可能是天罰。」
我就知道會是這種反應。
如果教會在這種時期被超出人類理解範圍的飛空圓盤破壞，民眾會這麼認為也很正常。

這是愛麗兒大人對我的騷擾，目的是讓人們變得更不信任神言教。
「請問我們該怎麼做？再這樣下去……」
「……讓當地的神官告訴民眾，說我們神言教信仰的是白神。」
「什麼？」
遠話持有者們全都愣住了。
可是，我們現在只能這麼做了。
就算會被人說我卑鄙也無所謂。現在早就不是還能選擇手段的時候。
要是在神言教迅速失去人心的地方，讓神官們說神言教信奉的是白大人，會有什麼樣的後果？
應該會有人因為討厭神言教，反過來向黑龍大人祈禱吧。
「演講時要儘量說話刺激民眾，並且搬出白神的名號。」
天曉得做出那種演講的神官會有什麼下場……
可是，我不得不這麼做。
也許是感受到我的決心，遠話持有者們紛紛開始發出通話。
……抱歉。
一切責任都在我身上。
正因為如此，我有義務完成自己的任務。

如果愛麗兒大人會先一步抵達艾爾羅大迷宮，那也無所謂。

假如不能搶先一步，那我就要採取行動，儘量讓更多人向黑龍大人祈禱。

我可是在很久以前贏得選舉、當上總統的男人。

選票的玩法，沒人比我更懂了。

間章　魔王的第一步

「看吧！人類就跟垃圾一樣！」

「愛麗兒小姐，那是壞人的台詞喔。」

「反正我們也跟壞人沒什麼兩樣不是嗎？」

「……確實如此。」

「巴魯斯！」

「愛麗兒小姐，要是詠唱那句咒語，不但會毀掉這艘飛船，我們還會飛到外太空喔。」

「這本來就是一艘宇宙飛船，我說這句咒語也不算錯吧？」

「……確實如此。」

我們一邊聊著這種無聊的話題，一邊享受這趟天空之旅。

我成功讓宇宙飛船順利運作了。

我們現在正一邊破壞沿途遇到的教會，對神言教進行騷擾，一邊前往艾爾羅大迷宮。

小白與邱列開戰後，因為系統發布了世界任務第二階段，讓我們找到自己該採取的行動。

第二階段在禁忌選單裡新增了「世界任務」這個項目。

只要看過項目裡的內容，人們應該就能理解這場戰爭的意義，以及該怎麼做才能取得勝利。

首先是小白與邱列這一戰的結果。

坦白說，就算說他們之間的輸贏，會直接決定雙方陣營的勝敗也不為過。

因為只有小白能讓系統崩壞，如果她依然健在，我們就會獲勝；如果她戰敗，我們就無法讓系統崩壞了。

可是，我們原本應該無法介入他們兩人的戰鬥。

而第二階段改變了這件事。

人們可以透過祈禱介入諸神的戰鬥，這等於是把全世界的人類都捲入小白與邱列的對決。

受人祈禱的神會得到強化。

我想那股強化的力量應該微乎其微。

如果只有一個人祈禱的話……

即便每個人的祈禱之力微不足道，一旦累積了許多，也會變成一股強大的力量。

那股力量很可能改變雙方對戰的結果。

人們照理來說無法介入天神的戰鬥，但世界任務卻賦予人們介入的權利。

「讓這個世界的人們以當事者，而非旁觀者的身分自行做選擇。這種做法還真是夠厲害的。」

在感到佩服的同時，蘇菲亞也忍不住抱怨。

如果按照這種遊戲規則，就連毫無戰力的人類，也能介入小白與邱列的戰鬥。
所有人都公平地得到了機會。
讓人們做出選擇。這種做法很有D大人的風格。
這種風格也體現在只要祈禱就能讓禁忌消失的這件事上。
沒錯，只要向其中一位神祈禱，就能讓禁忌消失不見。
禁忌會發出要人贖罪的怨念，而那股怨念足以摧毀一個人的精神。
雖然我和達斯汀早就習慣了，但還不習慣的人應該會變得精神衰弱吧。
如果可以消除掉禁忌這個元凶，想也知道人們都會選擇祈禱。
如果無法在兩者之間做出選擇，就代表今後也得一直被禁忌糾纏。
沒有強烈決心的話，就無法做出那樣的選擇。
看是要做出怎麼選都不對的艱難抉擇，還是要懷著永遠無法消除禁忌的覺悟保持中立。
不管怎麼選擇，等待自己的都是地獄。
這種做法實在很有D大人的風格。
不過，雖說是艱難的抉擇，但我想人們的選擇應該早就確定了吧。
畢竟每個人都會把自己擺在第一位。
在自己與恩人之間該做何選擇，根本就不需要思考，對吧？
「真是的，想不到D大人竟然會來這招……」

我想相信小白還是有辦法獲勝。

但情況並不樂觀也是事實。

「不過，我們也只能做好自己力所能及的事情。」

那就是第二個勝利條件。

但那是對方的勝利條件。

也就是讓擁有支配者權限的人踏進位在艾爾羅大迷宮最深處的系統中樞，緊急停止系統崩壞的程序。

我們必須阻止對方這麼做。

所以我才會駕駛宇宙飛船，朝向艾爾羅大迷宮前進。

我要比達斯汀他們更早抵達，做好防衛的準備。

因為防衛失敗就等於是我方戰敗。

我方的勝利條件是小白贏得勝利，而且我們成功守住系統中樞。

對方的勝利條件是邱列贏得勝利，或是突破我方防衛，緊急停止系統崩壞的程序。

我方必須同時達成兩個條件才算勝利，但對方只要達成任何一個就夠了。在這點上比我方還要有利。

小白正在努力奮戰，我們也非得成功守住系統中樞不可。

我如此鼓舞自己。

《世界任務第三階段開始。雙方代表提出主張。魔王愛麗兒。》

「嗚喔！」

因此，突然聽到神言讓我嚇了一跳，發出狼狽的叫聲。

突如其來被系統指名，也是害我嚇到的原因。

而且這個奇怪的叫聲，在我的腦海中又響了一遍。

「咦？這是怎麼回事？」

我忍不住如此呢喃，但這句話也同時在腦海中響起。

「愛麗兒小姐，我在腦海中聽到了妳的聲音。」

「咦？原來不是只有我，你也聽得到這聲音？」

「是的。」

拉斯點了點頭。

我看向蘇菲亞，她也點了點頭。

就在這時，我有種非常不好的預感。

「咦？我現在該不會正在對全人類發表談話吧？」

這個世界任務的影響範圍至今一直都是全人類。

也就是說，難不成我這些話也能被全人類聽到？

從那個狼狽的叫聲，到現在的這些對話，全都被聽見了嗎！

「我的天啊！」

想到這種可能性，讓我忍不住發出丟臉的慘叫聲。

……儘管我心裡明白，這樣的慘叫聲也可能會被全世界的人聽到。

幕間　雙方的主張

『啊……嗯！雖然開頭不是很正經，但請各位忘記那些搞笑的地方吧。』

『然後……要我說什麼來著？主張是吧？』

『主張。主張啊……』

『就算要我說出主張，但我其實也沒什麼好說的。』

『因為我對人類沒有任何期待。』

『這也很合理吧？在事情變成這樣之前，每天都過著逍遙自在生活的傢伙，我到底還能期待什麼？』

『莎麗兒大人可是賭上了自己的生命，讓這個世界得以存續，但人類至今一直沒有想起這份恩情。』

『你們以為她這麼做已經有多久了？只要看看禁忌裡的紀錄，應該就能知道大致的時間了吧？』

『不過，這也是因為有人刻意把這件事從歷史中抹去。』

『即便如此，對我這個一直看著這一切的人來說，心裡的怒火早就變成失望了。』

『只要想到莎麗兒大人是為了救這些人而犧牲，我就感到憤怒。』

『人類在過去為了拯救自己，選擇犧牲莎麗兒大人。既然如此，根本不需要猜測人類這次會做出什麼樣的選擇。』

『所以，我對人類沒有任何期待，也不打算說服你們。』

『不過，只有這句話我一定要說。』

『勝利者將會是我們。』

『如果沒人願意拯救莎麗兒大人，甚至連她本人都不願意，那就讓我來拯救她吧。』

『就算有超過半數的人類必須為此而死。』

『既然你們想要犧牲莎麗兒大人，那應該也做好被犧牲的覺悟了吧？』

『所以，我要在此宣言。』

『我是第二代魔王愛麗兒。』

『不是以魔族之王的身分，由系統指名的冒牌貨，而是真正的魔王。』

『我要繼承為了解放莎麗兒大人，以抹殺全人類為目標而奮鬥的初代魔王佛圖的遺志，向全人類宣戰。』

『人類啊，為了女神去死吧。』

《神言教教皇達斯汀。》

我的名字被叫到了。

早在愛麗兒大人被指名時，我就猜到事情會變成這樣了。

沒人比我更適合代表人類陣營。

既然如此，那我當然會被指名。

而在我猜到事情會變成這樣時，就立刻在腦海中想好演講的內容了。

可是，那些內容全都因為愛麗兒大人的演講忘光了。

她無意得到更多人的支持，完全沒有討好群眾，斷言要靠著自己與同伴的力量取得勝利。

而且她還向全人類宣戰，毫無顧忌地要人類為了女神而死。

她的生存之道實在太耀眼了。

「……」

我的話語應該已經開始傳送給全人類了吧。

可是，我遲遲沒有開口。

就這樣保持了好幾分鐘的沉默。

「……我度過了漫長又艱難的歲月。」

我好不容易擠出的聲音，聽起來異常地嘶啞。

「至今累積起許多的成果。」

在系統剛開始運作的混亂時期，我跟同伴們一起為了跨越難關而努力掙扎。

初代魔王佛圖露出獠牙，讓全人類陷入滅亡的危機。

我跟初代勇者並肩作戰，成功跨越那場危機。

我結束第一段人生，在第二段人生中親眼見證時代的變化。

隨著世代交替，知道系統運作前的世界的人們逐漸死去，讓我有種被獨自遺留下來的寂寞感。

為了讓日漸絕望的人們得到心靈依靠，我建立了神言教這個組織。

在每段時期，我都想要做出最好的行動。

可是，之後回想起來，我每次都會覺得自己還能做得更好，需要反省的地方多不勝數。

我好幾次都了解到自己只是個普通的凡人。

一次又一次。

即便想要做到最好，卻總是以失敗收場。

儘管如此，我還是一步又一步地前進。

累積起許多東西。

善行與罪孽都越積越多。

一切都只是為了拯救人族。

「我相信自己累積起來的一切。因此，我不需要多說廢話。」

我應該可以做出更棒的演講才對。

既然愛麗兒大人做出那樣的演講，想要用巧妙的話術拉攏人心，應該不是難事。

即便如此，我還是無法說出那樣的話。

「我是達斯特迪亞國的最後一任總統，也是初代神言教教皇達斯汀。我就是那個恬不知恥，至今一直對女神莎麗兒大人恩將仇報的男人。」

我的理智告訴我，說出這種話只會失去人心。

但至少在最後這一刻，我想要說出自己毫無虛假的真心話。

我總是感到良心不安。

覺得這個名字必須永遠受人辱罵。

……沒錯。

我非常痛恨自己的所作所為。

「即便如此，我還是做出了選擇。就算要我恩將仇報，我也要拯救人類。正因為如此，我有義務貫徹自己的選擇。」

不過，既然我已經做出選擇，就得貫徹到底才行。

「我要拯救人族。不管要用什麼手段都行。所以……」

我大大地吸了口氣。

因為這句話太過沉重。

「神啊，為了人類去死吧。」

我的宣誓跟愛麗兒大人的演講完全相反。

我原本應該可以做出更好的演講。

可是，我還是決定這麼說。

既然已經說出口，我就沒有退路了。

而且我也不會後退。

就算要犧牲神，我也要拯救人族，拯救人類。

《以上便是雙方的主張。》

我的演講才剛結束，神言就立刻響起。

那是我在漫長的歲月中不斷聽著的，莎麗兒大人一如往常的聲音。

《各位……》

可是接下來的這些話，就是我從未聽過的聲音了。

《舞台幫你們準備好了。在這個世界生存的人們，做出選擇吧。展開行動吧。世界任務最終階段開始。邪神到底能不能達成目的呢？》

有別於莎麗兒大人平常那種跟機械一樣毫無溫度的聲音，這個無比冰冷的聲音彷彿可以凍結一切。

那傢伙的聲音光是聽著就讓人渾身發毛。

我只能想到一個人。

那就是黑龍大人當初求助的對象，也就是為這個世界建立系統的神。

《你們就努力取悅我吧。》

神的這句話成了開戰的號令。

這是賭上世界未來的一戰。

終章&序章

魔王與教皇的主張也傳到了我的耳中。

勝利者將會是我們……

既然魔王敢這麼說，那我就更是輸不得了。

「看來我們都不能輸呢。」

跟我對峙的黑，面帶苦笑地這麼說。

看來他也聽到了雙方的主張。

教皇的主張聽起來像是悲痛的吶喊。

啊啊……讓人清楚感受到他也覺得很痛苦，但還是只能選擇這條路。

聽過那段演說，就能明白他不是個壞人，反倒是個品行高潔的人。

如果情況稍有不同，我們或許可以不用成為敵人，而是以同伴的身分並肩作戰。

在我眼前的黑也是一樣。

我們並非互相憎恨。

他的為人反倒讓我懷有好感。

不過，我們還是不得不戰鬥。

因為雙方都有無法退讓的事物。

既然如此，那我就只能全力迎戰了。

「勝利者將會是我們。」

正因為如此，我做出這樣的宣言，向敵人表達敬意。

「我也不能輸給你們。」

雙方都有無法退讓的事物。

雙方都有想要守護的事物。

雙方都在這一戰賭上了尊嚴。

敵人是管理者邱列迪斯提耶斯。

一直守護著這個世界，也只被允許守護世界的龍神。

他是背負著這個世界的人類之希望的守護神。

夠資格當我的對手。

不過，勝利者依然會是我們。

就算他背負著全人類的願望與力量，我也會將其粉碎。

「我要上了。」

「來吧。」

然後，我和邱列迪斯提耶斯再次開始戰鬥。

後記

大家好，我是馬場翁。

今年也快要結束了呢。

而且這部作品也快要結束了！

在明年的新年期間（註：此指日本的出版時間），這部作品的下一集，同時也是全作高潮的第十六集就預定要上市了！

換句話說，連續兩個月都會有新書上市。

連續兩個月都會有新書上市！

因為很重要，所以要說兩次。

想知道我為什麼會無謀地挑戰連續兩個月出版新書嗎？

事情的起因是我在寫完第十四集後，跟責編開會時的對話。

「我覺得接下來的第十五集應該會用來鋪陳最後決戰，第十六集才會是最後一集。可是，這樣好像會讓第十五集少了故事的高潮。」

沒錯。

看完這本第十五集的讀者應該都發現了，這次的第十五集連一場戰鬥都沒有。
雖然有一場床戰差點就打起來了。
總之，雖然白黑決戰算是開打了，但要等到第十六集才會正式上演……
因為故事必須這樣寫，讓我無論如何都得用這本第十五集來鋪陳第十六集的內容。
因為第十四集是在一月上市，中間隔了將近一年，我不確定這樣能不能讓讀者得到滿足。
這就是我擔心的地方。
「要不要乾脆讓第十五集和第十六集同時上市，連續兩個月出版新書？」
於是，我不小心說出這句話。
我不小心就這樣說出來了！
「那我們就連續兩個月出版新書吧。」
而我的責編W女士也努力實現了這個想法。
哈哈哈！
然後，為了連續兩個月出版新書，我開始過著拚命寫書的地獄生活！
天曉得我為自己亂說話這件事後悔過多少次！
我過去明明也因為隨便答應責編的要求而後悔過許多次，卻還是沒有學到教訓。
天曉得我要逼死自己幾次才會學乖。
於是，馬場翁讓人們明白亂說話是多麼愚蠢的事情了。完。

咦？後記還沒結束嗎？

是的。

不過，雖然這件事讓我累壞了，但也是因為這樣才能迅速地把第十五集和第十六集交到各位讀者手中。

請大家盡情期待接下來的第十六集。

接下來是致謝時間。

我要感謝負責繪製插圖的輝竜司老師。

既然我寫得很辛苦，就表示輝竜老師的工作行程也被排得很緊！

真的很對不起……實在太感謝您了！

我還要感謝負責繪製漫畫版的かかし朝浩老師，以及負責繪製衍生漫畫的グラタン鳥老師。

因為今年太過忙碌，我在確認分鏡稿時總是會拖得太晚，真的很對不起……實在太感謝兩位了！

我還要感謝負責製作動畫的所有人。

多虧了擔任監督的板垣伸先生，以及許多工作人員的努力，讓兩季動畫順利播完了。

請容我在此向負責製作動畫的全體工作人員致謝。實在很感謝各位！

再來是我的責編W女士。因為我突然提議要連續兩個月出版新書，在調整出版計畫等方面給您添了許多麻煩……真的很對不起！非常感謝您的幫忙！

雖然有將近一半的篇幅都在道歉，但我要把純粹的謝意獻給拿起這本書的所有讀者，以及看過動畫的每一位觀眾。

真的很感謝大家！

【好消息】我的不起眼未婚妻在家有夠可愛。 1~3 待續

作者：氷高悠　插畫：たん旦

這次結花的家人也來插一腳？
更加深了登場人物魅力的第三集！

班上決定在校慶辦Cosplay咖啡館，結花在家也穿上女僕裝練習，未婚夫妻生活還是令人心動不已！另外，結花的手足勇海跑來我們家！結花不知為何對勇海非常冷淡？而且勇海莫名地仰慕我？其實勇海和姊姊一樣，有著不能讓外人知道的「祕密」……

各 **NT$200~230/HK$67~77**

Silent Witch 沉默魔女的祕密 1 待續

作者：依空まつり　插畫：藤実なんな

「這本輕小說真厲害！2022」單行本部門第2名
極度怕生的最強魔女充滿反差萌♥

「沉默魔女」莫妮卡．艾瓦雷特是世上唯一的無詠唱魔術師，曾獨自擊退傳說的黑龍！其實她的本性怕生到無法在人前開口!?她卻獲選為「七賢人」，還被硬塞了護衛第二王子的極祕任務？有社交恐懼症的天才魔女，展開痛快無比的奇幻冒險劇！

NT$220/HK$73

關於我轉生變成史萊姆這檔事 1~17 待續

作者：伏瀬　插畫：みっつばー

系列銷售累計破2000萬冊!!
超人氣魔物轉生幻想曲第十七集登場！

《轉生史萊姆》首部短篇集！收錄本篇中見不到的角色們各自的精彩故事，包括〈摩邁爾的野心〉、〈遙遠的記憶〉、〈動盪的日子〉、〈青之惡魔的呢喃〉等四篇短篇，此外還特別收錄一篇〈培斯塔的諮詢〉。獻上有別於本篇視角的番外短篇小說！

各 **NT$250~340/HK$75~113**

怕痛的我，把防禦力點滿就對了 1~13 待續

作者：夕蜜柑　插畫：狐印

分成兩大勢力的對抗戰即將開打！
強得亂七八糟的【大楓樹】將情歸何處!?

第九階地區的亮點，是在兩個王國間選邊站的大型ＰＶＰ！各公會不停蒐集情報以決策同盟或敵對，其中最受關注的當然是【大楓樹】選擇哪個陣營。梅普露自己也會和勁敵們交換資訊，並受到【聖劍集結】的邀請，有好多事要傷腦筋……

各 **NT$200~230/HK$60~77**

爆肝工程師的異世界狂想曲 1~21 待續

作者：愛七ひろ　插畫：shri

在巴里恩神國的「有才之士」村落裡
展開意料之外的忍術修行！

佐藤一行人來到了設有貿易港的西關門領，受到在那裡重逢的賢者邀請，一行人前往被稱為「有才之士」村落的培育場所擔任學生與客座講師，但是很不巧，村裡發生了學生失蹤的事件，看來那似乎與由聖女舉行，名為「轉讓才能」的神祕儀式有關……

各 **NT$220~280/HK$68~93**

86—不存在的戰區— 1~10 待續

作者：安里アサト　插畫：しらび

讓我們追尋在血紅眼眸深處閃耀的，
僅存的少許片斷——

年幼的少年兵辛耶・諾贊降臨地獄般的戰場，日後他將成為八六們的「死神」，帶著傷重身亡的同袍們的遺志走到生命盡頭——這些故事描述與他人的邂逅如何將他變成「他們的死神」，以及來得突然的死亡與破壞又是如何殘酷地斬斷了他們的牽絆。

各 **NT$220~260/HK$73~87**

國家圖書館出版品預行編目資料

轉生成蜘蛛又怎樣！/ 馬場翁作；廖文斌譯. -- 初版.
-- 臺北市：臺灣角川股份有限公司, 2022.09-
冊； 公分. -- (Kadokawa fantastic novels)
譯自：蜘蛛ですが、なにか？
ISBN 978-626-321-778-2(第15冊：平裝). -
ISBN 978-626-321-779-9(第16冊：平裝)

861.57 111011177

Kadokawa Fantastic Novels

轉生成蜘蛛又怎樣！ 15

（原著名：蜘蛛ですが、なにか？ 15）

2022年9月26日 初版第1刷發行

作　者：馬場翁
插　畫：輝竜司
譯　者：廖文斌

發 行 人：岩崎剛人
總 編 輯：蔡佩芬
編　　輯：黃如雁
美術設計：李思穎
印　　務：李明修（主任）、張加恩（主任）、張凱棋

發 行 所：台灣角川股份有限公司
地　　址：104台北市中山區松江路223號3樓
電　　話：（02）2515-3000
傳　　真：（02）2515-0033
網　　址：www.kadokawa.com.tw
劃撥帳戶：台灣角川股份有限公司
劃撥帳號：19487412
法律顧問：有澤法律事務所
製　　版：巨茂科技印刷有限公司
ISBN：978-626-321-778-2